鬱屈精神科医、お祓いを試みる

春日武彦
Kasuga Takehiko

太田出版

まえがき

あれは「キレる」という表現に近い様相であった。精神科外来の診察室で、わたしが初診を担当していたときである。話の途中でN子は目をぎらぎらさせながら、

「あなたみたいに恵まれた人には、わたしの苦しさなんて分かりっこないですもんね」

と、いかにも腹立たしげに言葉を吐き捨てたのだった。

分かりっこない相手をどうにか分からせなければ、治療を受けるそのスタート地点に立てないだろう。そのプロセスを最初から放棄して「ふて腐れて」しまっては、わざわざ病院を受診した甲斐があるまい。自分が損をするだけだろう。でもそういったことを指摘すると、なおさら怒りを募らせそうだ。

「もどかしい気持ちはわかりますけどね」と、いったん受け止め、

「たしかにわたしみたいな甘っちょろい人間には、あなたの苦しさを十分には理解出来ないかもしれません。でも、まあ自分にとっていちばん辛いことを思い起こして、そこからあなたの苦しみを想像する——そのくらいの努力はしてみるつもりですけど」

そんなことを、シニカルな口調にならないように気をつけながら言ってみたのだった。

もしそこで彼女が、

「じゃあひとつ質問させていただきますけど、あなたにとっての〈いちばん辛いこと〉って、いったい何なのですか」

と切り口上で尋ねてきたらどう答えただろう。「うるせえ！　余計なお世話だ。君なんかに教えたら、それだけで安っぽいものになっちまうからお断りだ！」と、わたしのほうが感情的になってしまいそうだが、さすがにそこは自制するだろう。

「人によって価値観が違いますからねえ。不幸比べをしても不毛ですよ」

そんなふうに苦笑しながら答えるかもしれない。が、実際にはN子はそんな質問をしてこなかった。

なぜそんなやりとりを鮮明に記憶しているかといえば、その日の午後、わたしは所用で東海道新幹線に乗ったからだった。何日も雨が降り続き、崖崩れがあちこちで起きていた。冠水した道路もあった。ふと窓の外を見ると、ちょうど短い鉄橋を渡るところで、中規模の川が水量を増している。薄茶色の水が、あと少しでも増量したら左右の堤防から溢れ出ること必定の光景であった。激しい勢いで水が流れている筈なのに、なぜか水は静止しているように感じられ、しかも表面張力で水面が堤防ぎりぎりまで盛り上がっているみたいに見えた。まさに危うい光景である。

驚かずにはいられなかった。堤防のすぐ近くまで、ごちゃごちゃと民家がひしめいているのである。川の水が溢れ出たら、たちまち洪水となって家々は泥水に呑み込まれてしまうだろう。それなのに、どの家もまったく普段通りの平穏な日常を送っているようにしか映らない。なんと危なっかしい現実なのだろう、避難勧告とか出ていないのかと他人事ながら心配になった。しかもそういった危うさと同時に、あの満杯の水の中では魚が、さながら鎖を解き放たれた犬のように大喜びで自在に泳ぎ回っているのではないのか。そんな様子が透けて見えるような気分を覚えたのだった。そうした二重性が、断面図による図解でも眺めている如き明快さでわたしに迫ってきたのである。

N子も、あの川みたいに心の中が溢れ出る寸前だったなあと思った。もし溢れ出たらどうなるか。自暴自棄な行動に走っただろう。怒鳴り、暴れ、家に帰ってからは当てつけめいた自殺を図るかもしれない。滅茶苦茶なセックスに溺れるのか、大散財でもするのか。いずれにせよ、あとで後悔することを始めてしまいそうだ。

けれどもそのいっぽう、大量の泥水の中を歓喜して泳ぎ回る魚のような心情も彼女には付いて回っているのではないか。自分の不幸だか苦しさに翻弄されるものの、それが膨れ上がれば膨れ上がるほど心をときめかせる要素もあるのではないか。そうした部分があるからこそN子は悩みに執着し、あまつさえどこか誇らしげに、「恵まれた人」であるわたしにそれを掲げてみせた気がするのだ。

おそらくN子はわたしとの会話が蒟蒻問答みたいに感じられたのだろう。初診のまま、二度と受診はしてこなかった。当方とは「反りが合わない」ないしは「ろくでもない医者」と判断したに違いない。たぶんわたしが彼女の「分かりっこないですもんね」という箇所に対して、うろたえたり気まずそうな顔をしなかったからだろう。うろたえるふりをすることだって可能だったが、そこで彼女を勝ち誇らせても、長い目で見れば彼女にプラスとはなるまい。いずれにせよ、N子は洪水寸前の川の眺めとペアになってわたしの記憶に刻み込まれたのであった。

彼女がいつまでも執着しているという点において、N子の「苦しさ」は呪いみたいなものである。彼女のそれは煎じ詰めれば母子関係の問題であったから、すなわち実母からの呪いとなろうか。

他方、わたしにとっての「いちばん辛いこと」とは何なのか。母親に賞賛され誇りにしてもらえる存在としての自分になれない（なれなかった）――そんな悲しみ、あるいは無力感である。N子の価値観からすれば当方は恵まれた人なのかもしれないが、それは医者という職業に対するステレオタイプな思い込みに基づいているだけである。わたしの辛さについてN子は「いい気なもんだ。その歳で何を言ってるんだよ」と嘲笑するかもしれない。そのときわたしは、「いや、そんな簡単なものじゃないんだよ」と丁寧に説いて聞かせる自信はない。平静を装いつつも、脳内イメージでは彼女を金属バットで力任せに滅多打ちしてしまいそうだ。

人は誰でも（多かれ少なかれ）、執着に支配されている。そこを被害的なニュアンスで言い直すならば、「呪いに支配されている」。呪いのパワーで人は生き、苦しみ、ときにはそこに屈折した悦びすら見出す。N子の記憶に事寄せて、わたしはそんなことをまず言い放ってみたいのである。スタートはそこからだ。

目次

第五章
ニセモノと
余生
145

第六章
隠れ家で
息を殺す
177

第七章
三分間の浄土
209

あとがき
248

まえがき
001

第一章
三つの呪いと
モーパッサン式
「お祓い」術
013

第二章
お祓いと
自己救済と
「居心地のよい家」
037

第三章
薄暗さの誘惑と
記憶の断片
083

第四章
痛いところを
衝く人たち
113

装丁　菊地信義

鬱屈精神科医、
お祓いを試みる

春日武彦

太田出版

第一章

三つの呪いとモーパッサン式「お祓い」術

どうも三つの言葉およびイメージが、わたしの人生に濃い影を落とし続けているのではないか。想像以上に当方の言動に反映しているのではないか。むしろ呪詛に近いのではないか。そんなことを近頃になって具体的に意識するようになった。そこでそれら三つを新しい順から述べてみたい。

まず最初は、小説の一節である。

人生には、奇妙に歩調をゆるめて、前進をためらっているのではないか、それとも方向を転じようとしているのではないか、と思われるような一時期がある。このような時期にひとは不幸におちいりがちなものらしい。

ドイツの作家ローベルト・ムージルの『三人の女』という連作短篇の最初の作品「グリージャ」、それの冒頭部分である（川村二郎訳、岩波文庫）。医学生のときに河出書房版で読んだ。

この三行の文章を削除しても、小説の展開に影響はない。いや、この三行の実例として

「グリージャ」という作品が提示されるといった構造になっている（実際に主人公は人生を踏み誤り、不幸どころか坑道の闇に閉じ込められて命を落とす）。そうした点からも、まことに暗示的である。

わたしはこの冒頭を読んだときに、何者かが耳元でひどく恐ろしい内容を囁いたかのような気味の悪さを感じたのだった。薄々見当はついていたがはっきりとは知りたくない事実を告げられたみたいな重苦しさも感じた。読まなければよかった文章とでも称すべきかもしれない。だがわたしは読んでしまった。

やることなすこと空回りに終わり、さもなければ意欲や気力が不思議なほどに失われ、結果として「沈滞」に陥ることは誰にでもあるだろう。もどかしさと諦めと不安と困惑とが混ざり合ったような沈滞期において、「ひとは不幸におちいりがちなものらしい」。まったく救いのない言いぐさではないか。にもかかわらず、説得力がある。へんな生々しさがある。自分の過去を振り返ってみると、まさにその通りと思いたくなる。

この言葉はちっとも役に立たない。「だから気をつけなさい」と警告しているのだと受け止めようとも、沈滞そのものに戸惑っているわたしには為す術がない。かえって不吉な気分を煽り立てられるだけだ。

六十歳を過ぎてから、精神力も体力も急に衰えたように実感した。それに呼応するように、何だか落ち目の気分に捕らえられた。無力感に包み込まれ、医師としても物書きとしても、もはやフェードアウトしかなさそうに感じられる。ピークすら迎えた意識がないのに下り坂というのも「あんまり」である。しかしそういった理不尽な気持ちを他人に洩らしても、女々しいと思われるだけだろう。さもなければ分を弁えていないと軽蔑されるかもしれない。間接的で卑しげな「気取り」と誤解される虞すらある。そもそもお前は自分を何様だと思っているんだ、と。

いや、多かれ少なかれ思い上がりや自惚れをエネルギーの一部としなければ、精神科医と物書きの両立を継続するのは難しい。思い上がりや自惚れではなく「志」こそが重要ではないのかとツッコミが入りそうだが、どんなに「志」があろうとも下世話で俗物めいた満足感がなければ気力は続かない。ストイックに、一汁一菜に甘んじて生きていくのはそう簡単ではないのだ。

妻に相談すれば、きちんと話を聴いてくれるだろう。でもおそらく現状肯定の文脈で彼女は意見を言う筈だ。落ち込む必要はない、今のあなたで十分よ、と。それはそれで有り難いけれど、わたしはちっとも十分じゃない。何だか運命に不当な仕打ちをされているような怒りがあるのだ。同業者たる精神科医やカウンセラーに相談するのも嫌だ。そこで占い師のもとへ赴いてみた顚末は前著『鬱屈精神科医、占いにすがる』に書いたわけだが、そんなことをしながらも頭の中には「このような時期にひとは不幸におちいりがちなものらしい」というフレーズがリフレインされるのである。

いったい今現在が不幸の真っ最中なのか。さもなければ、いよいよこれから本物の不幸が訪れるのか。両親が死去し、同胞もいなければ子どももいない（子どもは作らない、という選択をしたので）わたしは遂に遺伝子的に崖っぷちの孤独に立たされたわけだが、それも不幸としてカウントされるのか、たんなる「なるべくしてなった事態」としてノーカウントなのか。

ちょっと横道に逸れるけれど、タスマニアタイガー（別名フクロオオカミ。有袋類なのに、背中の一部に虎に似た縞模様がある）の動画を見たことがある。オーストラリアのホバーツ動物園には、ベンジャミンと名付けられたタスマニアタイガーの最後の個体が飼われていた。乱獲のため、いよいよ絶滅を迎えようとしていたのである。1933年に撮影された粒子の粗いモノクロ画面において、ベンジャミンはせわしなく狭い檻の中を右往左往していた。もはや仲間はいない。自由もない。地上で最後のタスマニアタイガーとなったベンジャミンは、威厳も何もなくうろたえていた。そして1936年九月七日、飼育員が餌を与え忘れたこともあって、衰弱したベンジャミンは呆気なく死んだ。

落ち着きのないベンジャミンの姿を見て、わたしは胸を衝かれた。その孤独さが、モノクロゆえになおさら深く伝わってきた。自分とベンジャミンとを重ね合わせるのはおかしな話である。けれども、気持ちとしてはどこか共振するものがある。

わたしが子どもを設けなかったのには理由がある。障害児が生まれるという妄想的確信があったからで、かつて産婦人科医として勤務していた当方としては、障害児が生まれた際の親たちの表情やリアクションを忘れられないのだ。運命という悪意に満ちた存在は、絶対に自分へ障害児を押しつけ、そのぶん少しだけラッキーな出来事を割り当てるような意地の悪い真似をするに違いない。そんな下劣な罠に掛かってたまるものかと本気で思っていたのである。今だって思っている。

どれほど生前診断が発達しようとも、障害児は一定の確率で生まれるだろう。それを引き当ててしまうのは結局のところ「運」である。きわめてクジ運の悪い当方は、そんな危険な賭に参加するだけの度胸がない。おまけに、そうした類のことは、なまじっか意識してしまうと途端に危険率が高まりそうな気がしてならない。

仮に子どもが無事に生まれても、たっぷりと愛情を注いで育て、躾をきちんと行い、十分に教育を与えていく自信もない。人としての手本だって示せない。おそらく子育ては映画監督の仕事に似たところがあり、その場その場で直ちに適切な判断を求められる（と同時に作品全体のイメージを持ち続けねばならない）。早指し将棋さながらに、どうすべきかの決断をさっさと下していかねばならないのではないか。だがわたしにはそのように目から鼻に抜ける鋭利さがない。最低一日は考え抜き、シャワーでも浴びている最中にやっと判断がついたりアイディアが閃くタイプなのである（精神科医という仕事自体は、迷ったり当惑しそうな場面はおおむね決まっているから、三十年近い経験があればまあ何とかなる）。だから子育てなんか無理なのだ。いや、資格がないと言うべきか。

さらに別な要因もある。よほど気が向かなければ、わたしは世間や他人と触れ合いたくないのだ。観察したり眺めるのは好きだけれども、世の中は基本的に面倒で押しつけがましく粗野で卑劣だと思っているので、可能な限り関わりを避けたい。しかし子育てではそうもいくまい。不快な人間に頭を下げたり、馬鹿げたルールを我慢したり、嫌な役割を引き受けたり、そういった重荷が山ほど待ち受けている。そんなことには耐えきれない。自分の始末さえ満足に出来ないのに、余力なんかない。

不思議なのは、わたしの両親である。彼らは子ども嫌いな人たちで（子どものみならず、未熟な人間や愚かな人間に対しても容赦がなかった）、だからわたしを産んだと聞いて周囲は相当に驚いたらしい。鉗子《かんし》分娩でようやく生まれたそうで、つまり大変な難産である。当方も子宮の中から嫌々引きずり出されたのではないか。遡れば、たんに避妊を失敗しただけではないのか。生まれてみれば不細工でぼんやりした子どもで、さぞや両親（ことに母）は落胆したことだろう。こんな筈では、と悔やんだのではないか。

自分の子どもには、外見にせよ性格的なものにせよ、どこかドッペルゲンガー的な側面を感じないのだろうか。わたしはそれに耐えられないだろう。気味が悪いではないか。不出来なくせにどことなく自分に似通った我が子なんて苦々しいだけであるし、自分を遙かに凌駕していたら本気で嫉妬しかねない。世の多くの人々は子を持つことに躊躇しないようだが、いったいいかなる自信がゴーサインを出しているのかと首を傾げずにはいられないのだ。おそらく何も考えていないだろうとは思う。考えずにいられるのが信じられない。愛だのスウィートホームだのの幻想に頭を濁らせられているのか。

子どもを作らないというわたしの都合だけを書いてみた。でも妻の意見はどうなのか。結婚するときに、子どもは欲しくないと伝えた。それを了解してくれたので結婚したのだが、「子どもは欲しくないと（予め）伝えた」といかにもフェアな言い方をしているものの、実際にはおそらくわたしが卑怯だったのである。タイミング的に、彼女が「そんなことをあなたが主張するのなら、結婚はやめましょう」とは言えない雰囲気のときに告げたのだから。そのあたりの機微を頭のどこかでしっかり計算していたわたしは卑劣である。だが世の中には譲歩出来るものと出来ないものがある。アンフェアな手を用いてでも、わたしは子どもを拒む。

さすがに妻には申し訳なく思っているので子どもの件以外はすべて彼女の意向を第一とするつもりだったが、本書でこれから述べるように家をリノベーションした際も、わたしの趣味だけで押し通した。ひどい夫である。反省しつつも、これからも行動は改まらない気がする。

とにかく子どもを持つなんてわたしにとってはホラーである。しかも自分が一人っ子だから、家系（というほど大層なものではないが）がせいぜいあと二十年くらいで途絶える筈だ（わたしの寿命次第である）。ちょっと寂しくはあるが、やはり子を持つよりはマシかもしれない。本当のところ、子どもを持とうとしなかったのは、特にわたしの母に対する復讐心と警戒心とがあったことも大きい。

わたしの子（つまり孫）を目にして、母は口では可愛いわねなどと言いながらも、微妙に小馬鹿にした態度を取りそうな気がする。不細工な顔を指差しつつ「あなたに似ているわね」などと思わせぶりなことを口にしそうだ。しかも当方は、オレの子の素晴らしさが理解出来ないなんてオカシイと本気で思い込む自信がない。外見でも才能でも母の期待に添えなかったわたしは、孫を代理にリベンジを図るものの再び挫折を味わう羽目に陥りそうな気がしてならないのだ。孫をリベンジの道具に使おうといった発想自体が鬼畜であり、もうその時点でわたしには親になる資格は消え失せている。下手をしたら、いずれ成長した子どもから復讐されるといったオマケまで背負い込みかねない。

と、そんなところまで思考は暴走して深々と溜め息を吐く。するとそんなわたしに、「このような時期にひとは不幸におちいりがちなものらしい」と嬉しげな声で呪文を唱えつつ、そっと不幸が忍び寄ってくる。

いったいどうすれば良いのか。上手い策などある筈がない。そこで次善の策となるわけだが、どうもヒトは次善の策とか「とりあえず」とか代替案を練るときにおかしな発想に取り憑かれやすい気がするのである。大学受験に失敗したのでインドに旅行へ行って悟り（もどき）を開いてきたとか、失恋したので悔しいから自分を袖にした女性よりも美人になってやろうと男なのに化粧をしてみたら奇想天外な人生が待っていたとか、ダイエットがどうしても成功しないので居直ってシェフになろうとしたら成功したとか（いずれも実話である）、しばしば妙な不連続点が訪れる。どうやらそれに近い営みなのであるが、ローベルト・ムージルの不吉な言葉通りに不幸に陥りかけたので、狼狽したわたしは呪いからのシェルター代わりに古い家を手に入れ、それを改装して住んでみたら事態が（いくらか）好転し、さらにあれこれと気付くことがあった——そんな展開が生じたのである。その経過は次章以降に述べていくことにする。

二番目の呪いは、今もなお不可解きわまる。

中学の頃に、両親の会話を、その気はないのに盗み聞きする形になってしまったことがあった。で、耳にしたその内容が突飛過ぎて、わたしはいまだに当惑したままなのである。どんな会話だったのかといえば、

父「あいつ（息子であるわたしのこと）、将来は美容師にしたらどうだろう」

母「そうね」

これだけである。だが当方にとってはまことに衝撃的なやりとりであった。わたしがヘアスタイルに異様に関心を抱いていたとか、暇さえあれば鏡に向かって髪型を工夫していたとか、自分で自分の髪を楽しそうにカットしていたとか、他人の髪型にいつも一家言を持っていたというならともかく、鉄道模型とブラッドベリの好きな冴えない中学生に過ぎなかったのである。性同一性に問題があったわけでもないし、勉学が絶望的であったわけでもない。ファッションそのものに興味がなかったし、ヘアドライヤーだって持っていなかった。

さきほど調べてみたら、須賀勇介（1942〜1990）などのニューヨークで活躍する日本人美容師の先駆けたちが話題になり始めた頃と時期が一致する。息子に国際的に活躍する人物になって欲しいと思うところまでは自然であるものの、なぜ美容師なのか。親族に美容関係の人物はいない。医師がいちばん多い。それなのにヘアデザイナーである。

ひょっとしたらこれは笑い話に近いものなのかもしれない。聞き違いとか錯覚かもしれない。しかし記憶を探ってみれば、やはり間違いではないのだ。

母はわたしが不細工なことを残念に思っていたフシがあるので、じゃあせめて美を作り出す立場になってもらいたいと考えた。そういった推論は成り立ちそうだ（かなり飛躍はあるものの）。でも美容師限定となるところが分からないし、「美容師にしたらどうだろう」と言い出したのは父のほうで、その意見に母が賛成していたのである。気になるのは、美容師云々が息子への愛情の一環として出たアイディアなのか。あるいは匙を投げるような気分を伴っての発想であったのか。そうした感情的背景が分からないところである。彼らはわたしを徹底的に誤解していたのかもしれない。

もはや両親とも鬼籍に入ってしまったので、問い質しようがない。質問するチャンスはいくらでもあったのに、あえて尋ねる気にならなかったところにうっすらと危険な臭いがしないでもない。あの両親の会話が不可解であるところに、まさにわたしと彼らとの何か決定的なギャップが集約されているのではないのだろうか。こちらが想像していた彼らの思考とは似ても似つかぬ精神活動が営まれていたのではないのか。これまたまことに気味の悪い話である。取るに足らぬといえばまさに取るに足りないが、折に触れてふと泡のように意識に立ち上ってくるやりとりなのだ。

三番目の呪いは、母にまつわるものである。

彼女は基本的にわたしを駄目人間のカテゴリーに分類していたようだが、その割には当方へ愚痴をこぼしたり、自分が抱いている不安について語るのだった。もちろんわたしの慰めや意見を期待していたわけではなく、モノローグの相手にしていただけだろう。能なしのカウンセラーでもいないよりはマシ、といったところか。

どうやら母は、失明への恐怖をずっと持っていたらしい。まだわたしを産む前、結婚して間もない時分に結膜炎みたいな症状を患ったことがあるという。大学病院の眼科に行ったら、研修医と大差のなさそうな若い医者が彼女の目を診察して「あ！」と小さな叫び声を上げ、母を放置したまま教授のもとへ走って行った。何かを報告し、そのあとはひそひそと医者同士で合議している。やがて教授が登場し、診察したあとも特に説明はしないものの難しげな渋い表情を浮かべている。重篤かつ取り返しのつかない病状に出会ってしまったような雰囲気だったという。

彼女は医者たちの態度に憤慨し、二度と眼科には行かなかったと語るのである。いや、心配だったら他の医者に行けばいいじゃないかと思うわけだが、母としては、たとえ不安や懸念を抱え込もうともとにかく医療なんか拒絶する、といった選択をした。そしてその後、次第に視力が衰えたり視野が狭まったり痛みや充血が出現したり、そんな症状が出ているわけではないものの、いずれ目が見えなくなるのではないかと恐ろしさを感じていたらしい。

そんな話を繰り返し聞かされるわたしは、いったいどうすれば良いのか。無力感しか覚えられないではないか。せめて共感をしようとすると、その恐怖に圧倒されてしまう。これは一種の暴力である。父（もともとは外科医であった。眼科医ではないものの、眼科についいて素人以上の知識はあるだろう）がその件を黙ってスルーしているのが、なおさらこちらの不安を煽り立てる。耐え難いのだ、ものすごく。

息子がこんなことを言うのはどうかと思うが、母は美人なのである。ついでに買い物依存症で翻訳ミステリが好きであった。彼女に不釣り合いな不細工さであったのが一人息子としてのわたしの痛恨であり、彼女自慢の「美しい子ども」になれなかった事実が、今なお「わだかまり」として尾を曳いている。まあそれはともかくとして、母が盲目になったら彼女はどれほどの精神的ダメージを受けるだろうかと想像しただけで、胸が痛くなるというよりはむしろ黒々とした恐怖に圧倒される。白い杖を手に虚ろな空間を探りつつ歩く母なんて、考えるのも嫌だ。わたしは彼女が視力を失ったぶんをカバーして母が美しくあるのを手伝い継続させねばならないのだが、それは無理だろう。いったいどうすればいいのか。生活に支障をきたすとか、そういったレベルの話ではなく美しい母親という一点において失明の恐怖はわたしをも脅かす。

にもかかわらず、たとえばリビングルームで母と向き合いコーヒーを飲みながら(ガキの頃からわたしは母がコーヒーを飲む際のパートナーであった)、小学生の当方は失明の不安を静かな語り口で語られる。そんな経験でコーヒーを嫌悪するようになったなんて顚末になったら物語としての整合性がきれいに保てそうだけど、なぜか現在のわたしはコーヒー・マニアである。

わたしは母を誇りに思いつつ、その身勝手さや気まぐれさを憎悪してもいた。しかも幼いときから母に相応しい「美しい子ども」でないことを深く恥じていた。となれば、もし母が視力を失ったら、力関係は逆転しわたしが主導権を握ることにならないか。しかも不細工な子どもであろうと、もはや彼女の視野には映らない。そうした意味において、母が盲目となることは母子関係においてむしろひとつの妥協点と言えるかもしれない。そんなことが漠然と脳裏を掠めはしたものの、それはあまりにも邪悪な発想であった。それを平気でここに書き記せるのも、もはや母がこの世からいなくなったからである。

こうして文章を綴りながら、今、ひとつの考えが浮かんだ。さきほど呪いのひとつとして「美容師のわたし」という話を述べた。この部分を妄想的に拡大してみるとどうなるだろうか。

インターナショナルに活躍するヘアデザイナーとなったわたしというのを、まず想定するわけである。ハミルカットや黒柳徹子のタマネギ頭を考案し、数多くのハリウッドスターたちを顧客にしていた須賀勇介みたいな大物になったとする。そのようなわたしが母の髪をカットするのは、なかなか甘美な事態に思えるのである。おそらくスタッフには有能なメイクアップ・アーティストもいる筈で、つまり母を最大限に美しくしてあげられる。マンハッタンあたりのスタジオで念入りに母のヘアを整える息子という構図が成り立つとしたら、これは理想的な母子カプセルとして、もはや抜け出す気にもなれまい。そう、抜け出す必要なんかないし、眩暈がするほど素敵ではないか。今まで五十年以上、こんな素晴らしい光景を思い付かなかったなんて不思議でならない。この光景だけでもう、わたしはこの本を書くことを通して救われている。

ついでに別な妄想も考えてみた。

偉大な建築家となったわたし、というものである。中村好文『普段着の住宅術』（王国社２００２）という何度読んでも飽きない住宅論の本があって、その中でル・コルビュジエが三十六歳のときに両親のために設計した家〈レマン湖畔の小住宅１９２４〉が紹介されている。十八坪程度の小住宅で、父はその家に一年暮らしただけで死去、その後母は三十六年間住み続けて百一歳で亡くなったことから〈母の家〉とも呼ばれているという。その家を説明する文章において、

しかし、建築の歴史的な評価はひとまずおいて、生活者の視点でこの住宅を見ていくと、その派手なレッテル（引用者注・コルビュジエ独自の発想やアイディアのこと。住むための機械とか、水平横長窓など）の陰に、生涯にわたって深く母親を思慕しつづけた息子の、母親に対する一途で精いっぱいの心遣いが見えてきます。

と、書いてある。心を動かされる。コルビュジエに比肩するような建築家となったわた

しは、盲目の母のために心地よい家を設計するだろう。その家について考えを巡らせると、うっとりとした心持ちになる。当然のことながら、失明者のためにバリアフリーを心掛ける。もはや母は本が読めないが、ミステリを中心とした本棚はしっかりと作る。本の匂いを楽しんでもらうためであるし、朗読のアルバイトを雇うつもりだから。わたしは建築家として忙しいゆえ、殺人事件の物語の朗読までしてあげる余裕はない。目の見えない人にとって窓は換気以外に必要なのか。たとえ視力を失っていても、肌で光を感じてもらうためにむしろ大きな採光窓が望ましいだろう。もちろん心地よい風も必要だ。扉が重過ぎるのは困るが、安心感と世間との隔絶とを実感してもらうために、それなりに重厚な扉であることは大切だ。ストイックで肌触りの良い木製の家具が必要だし、音楽を楽しむための設計にも留意しなければなるまい。壁に絵や写真は必要なのだろうか。盲人の部屋にこそ、モランディの静謐な静物画が似合う気もする。いや、コーネルの「箱」も捨て難い。大きな鏡だって欠かすわけにはいくまい。鏡の前に立ち、想像力によって自分の姿を確認する儀式を経なければ、母は人前には出たがらないだろう。たとえ有能なメイドがいたとしても。屋根は、「あなたの好きな赤い色ですよ」と母に告げてあるがそれは嘘で、本当は深く暗い緑色だ。母もその嘘には、訪ねてきた人たちとの会話から気づいている。でもあえてわたしを咎めない。そうした微妙な緊張関係をも含めての家なのである。

建築家であるわたしは、仕事部屋の片隅に自分で設計した〈母の家〉の模型を置いている。屋根はわざと赤く塗ってある。ときおり、コーヒーの入ったマグカップを片手にその模型を眺め、平和な気分に浸る。これもまた悪くない。

呪いであるのに、いつしかわたしは妄想を膨らませてそれと遊び戯れている。果たして自分は、呪いを払拭させたいのだろうかと怪しみたくなる。

ちゃんと三つの呪いに意味づけを与えることは可能だ。

ムージルによる「人生には、奇妙に歩調をゆるめて、前進をためらっているのではないか、それとも方向を転じようとしているのではないか、と思われるような一時期がある。このような時期にひとは不幸におちいりがちなものらしい」という一節は、運命に翻弄される無力感と予期不安とを語っている。そう、どうにもならないのだ。不幸になるときは、自覚があろうとあるまいと、あれよあれよと不幸に絡め取られていく。しかしどのような不幸に陥るのか、それを我が身のことながら確認せずにはいられない気持ちもある。

「あいつ、将来は美容師にしたらどうだろう」「そうね」という両親の会話は、結局のところ自分が何者なのかが分からないという疑問に帰着する。自分なりに理解している自分と他人から見た自分とのあいだには予想以上の解離がありそうだし、ましてや自分の可能性についても分からない。現在の自分はまったくの思い違いに基づいた人生の途上にあるのではないのか。美容師や建築家の自分は絶対にあり得ないのか。そうした疑問は不安感を掻き立てると同時に、自分勝手な想像で自身を楽しませられるのもまた確かだ。

母が盲目になるのではないかという不安は、まさにどうしようもない無力感と恐怖をわたしに与え続けた。だが同時に、母の髪をカットするわたしや〈母の家〉を設計するわたしといった想像によって、永遠性に縁取られた「母との和解」の光景もまた思い浮かべるのが可能となったのだ。

これでは、治りたいと言いつつ症状に「しがみつく」神経症患者と同じではないか。神経症を患った患者は、いわゆる疾病利得といったセコい考えとは別に、いつしか自分に固有なその症状に馴染み、症状に対して愛憎相半ばする感情に囚われる場合がある。その症状は自分自身をどこか象徴している。自分の縮図である。そうしたものとあっさり分かれてたまるものか。治療者を困らせ翻弄してこそ、我が象徴ではないか。同様に、わたしの呪いはまさにそれがあるがゆえに今の自分を成り立たせている。今の自分にまったく満足していないし、自己嫌悪も甚だしいが、そうであろうと「馴れ合い」にも似た親近感をあの三つの呪いに覚えずにはいられない。


それにしても、盲目の母というシチュエーションは妙に想像力を刺激するところがある。こんな設定はどうだろうか。

わたしはＮＨＫの報道アナウンサーになっている。夜7時のニュースを担当しているのだ。毎晩、悲惨な事件や腐れ切った政治関連の出来事、愚行の数々や虚飾に満ちた話題を淡々と読み上げる。母はテレビを前にして、画面こそ見えないがじっと耳を傾けている。ニュースを語るわたしの声は、いくぶん気取ってはいるがまぎれもなく彼女の息子の声である。母は、誇りよりはむしろ「まっとうに」生きているわたしに安心感を覚えるだろう。

ある生暖かい晩、いきなりわたしは重々しい声でカメラに向かって視聴者へ告げる。

「ただ今、臨時ニュースが入りました。テロ組織に乗っ取られたアメリカ・ヴァンデンバーグ空軍基地から、テロリストによって核爆弾搭載の大陸間弾道ミサイルが発射されました。あと十五分でミサイルは東京に飛来する計算です。慌てないで下さい。東京は壊滅が予想されます。さようなら皆さん、さようならママ」

国際線の旅客機のパイロットも素敵じゃないか。機長であるわたしの操縦するボーイング777に母は乗っている。機長から挨拶のアナウンスを聞き、アルコールの入ったグラスを手にした彼女は笑みを浮かべる。夜間の太平洋上空をボーイングは飛び続け、いつしかUFOらしき光る物体が飛行機の横を飛んでいるが、もちろん母はそんなことに気付かない。わたしは副操縦士と「あれが本物のUFOだったら、俺たちは決定的な目撃者として歴史に残るな」と軽口を交わしている。

——と、こういった愚にも付かないことを考えているあいだは、確かに心がいくぶんなりとも落ち着く。でも、いつまでもそんな想像に浸っているわけにもいかない。それよりも三つの呪いをどうにか克服しないと、これからのわたしの人生は動きがとれなさそうに思われる。対策が必要だ。

まずムージルによる「人生には、奇妙に歩調をゆるめて、前進を……」は、なるほどある種の真実を衝いている。だがその言葉にことさら囚われ、いつまでも気にしてしまう心性は、結局のところわたしが育った家庭内の空気に強く影響を受けているからではないだろうか。つまり母や父もまたムージルの言葉に「ぎくり」としてしまうような人々だったのではないのか。確かに両親は二人とも、そうした気配があった。だから急かされるように多くの仕事を抱え込みたがったり買い物依存症になってみたり、歩調をゆるめることを嫌っていたのではないか。

美容師云々の件は、もはやいくら詮索してみても謎のままだろう。むしろこんな疑惑があるせいでわたしはいまだに両親に粘着しているのかもしれない。

母親が盲目になるという強迫観念は、激しい不安と甘美な妄想のふたつをもたらすのだった。でも結局のところ、わたしはこれのせいで母から逃れられない。どうすればいいのだろうか。

ロラン・バルトの小著『エッフェル塔』(宗左近訳、ちくま学芸文庫1997)には、冒頭にいきなりこんなエピソードが紹介される。

モーパッサンは、自分が少しも好きではないエッフェル塔のレストランで、しばしば食事をした。だってここは、私がパリで塔を見ないですむ唯一の場所だからさ、と言いながら……。

なるほど、こんなふうに憎むべき対象や敵の懐に飛び込んだり同化してしまうのは、なかなか賢明な作戦かもしれないじゃないか。考えてみれば、多くの人たちは自分が親になることで親からの呪縛から逃れているわけで、基本的にはモーパッサンに近い作戦なのかもしれない。ではわたしの場合は？

どうも結婚するだけでは不十分らしい。やはり、子どもがいないと上手くいかないのか。でも、そこに偶然が関与した。両親が亡くなり、彼らが住んでいたマンションを相続することになったのである。古いマンションだがそれなりに広い。住むか貸すか売るか、そのどれかを選択しなければならないが、いずれにせよリフォームは必要だろう。そんなことを思案しているうちに、完璧にリノベーションしてしまったらどうかと思い付いた。

リフォームはマンション購入時の状態への現状回復だが、リノベーションはまったく別の家に作り替えてしまう仕業を指す。マンションの床も壁も天井もすべて引き剝がしてコンクリートの筐体にまでいったん戻し、配管もいじって間取りまで変更し、完全に別ものの住まいにしてしまう。両親が住んでいたマンションに住むのは確かだが、上書きモードでわたし好みの別な家に変貌させて住む。両親が生きていた空間と重なるようにして、今のわたしが暮らす空間が立ち上がる。どうせ両親――ことに母から逃れられないなら、こうして上書きして住んでしまったほうがよほど精神衛生上好ましいのではないか。すなわちモーパッサン式「お祓い」術である！

そこまで思い付けば、あとはどんな家にするかそれを具体的に考えればいいじゃないか。自分の考えや好みを忠実に反映した住まいを作り上げることによって、それが呪いを封じ込め、自己救済につながる営みとなるだろう。

家について想像力を働かせたり、建物に関わる記憶を探ることが「救い」に関与するわけである。そんな次第で、次章以下、家屋を中心に話は進んでいく。

第二章

お祓いと自己救済と「居心地のよい家」

都立の松沢病院に勤めていたのはかなり昔になってしまった。たしか十五年くらい前に、その松沢病院で「お祓い」に立ち会ったことがある。

現在ではこの病院は建て替えによって大きなビルになってしまった。が、それ以前はまるで違う眺めであった。小学校の教室を二つ並べたくらいのサイズの二階建て病棟が広大な敷地のあちこちに散在し（閉鎖病棟もあれば開放病棟もあったし、明治時代の名物患者・葦原将軍にちなんだ将軍池もあったし、呉修三の銅像もあった。体育館や職員食堂、売店などの建物もあった）、正門の近くには外来と管理部門を擁した四階建ての本部が聳えていた。

それぞれの病棟には状態や性別によって患者が振り分けられ、幻覚妄想の著しい患者を収容する急性期病棟にはベテランの医師が配属されることになっていた（ちなみにわたしは、心神喪失で無罪となった精神病患者および暴力性の高い患者を収容するD44と呼ばれる病棟を一人で仕切っていた）。そんなありさまだから、当直医は夜間の回診をする際に自転車を使っていた。

急性期病棟の裏には雑草が茂り、小さな祠と鳥居がひっそりと佇んでいた。祠は大型冷蔵庫程度の大きさしかなく、地蔵堂に近い造りであった。銅板葺きの切り妻屋根の下は木曽檜材を使用した小堂で、正面は観音開きの格子戸になっている。鳥居は赤く塗られた簡素な靖国鳥居で、あとは灯籠も狛犬も眷属も見当たらない。賽銭箱もない。

日本の精神科医療の最先端に位置づけられた病院である。それなのに、どこか迷信じみた祠であり鳥居である。違和感に満ちていると同時に妙な調和が感じられたのは、やはり精神科というどこか「いかがわしさ」のある学問に基礎づけられた病院であったからだろう。

だが祠は打ち捨てられていた。すっかり荒れ果て、惨憺たる有り様である。屋根は緑青に覆われ、板壁は腐って穴が開きそうになっている。鳥居のほうも赤い塗りが剝げ、柱には縦に何本もの深い亀裂が走っている。誰もお参りをしないし、そもそもこんなものの存在がほとんど知られていない。格子戸の向こうの闇には何が祀られているのか。

誰もこの祠の来歴を知らないらしかった。どんな神様のための祠なのか不明というのは、なかなか気味が悪い。うっかり近づくと、もはや祟られそうな気配すらあるのだった。

病院では医療事故が重なっていた。しかも職員が通勤途上で怪我をする事案や、院内への闖入者が取り押さえられたといった事件が続発した。わたしには特に災難は降りかからなかったけれど、過敏性腸炎でいつも京王線の中で腹痛に襲われていた。ただしそれはストレスゆえのものである。

どうも病院関連で縁起でもないことばかり起こる。あの祠を荒れるがままに放置してあるのがまずいのではないか。誰が言い出したのか知らないが、そういった話がまことしやかに取り沙汰され、それに後押しされていつの間にか祠も鳥居も真新しくなった。おまけに、神官を招いてお祓いをすることになった。驚くべき急展開である。院長と副院長、事務長と部長、それだけのメンバーがある晴れたウィークデイの午前11時頃に、新調された祠の前に集まった。仕事中なので、院長以下、医者は白衣を着たままである。

正装をした年配の神官がスタンバイしていた。すぐ横には白色に塗られた小さなライトバンが停車しており、それで乗り付けたらしい。アシスタントらしい若い男性の神官も一緒であった。わたしたちはそれを遠巻きにするように突っ立っていた。

笏に持ち添えた紙を広げて、神官は祓詞を妙な節回しで読み上げた。次に、榊の枝に麻《あさ》苧《お》と紙垂《しで》を付けた御麻《みぬさ》を左右に打ち払う。その仕草がやたらにドラマチックで、有り難い気分にさせられる。神官は頭を下げたり声を上げたりいきなりこちらへ向いたりと、予測のつかない動作を繰り返す。眺めているうちにうっすらと眠くなってきた。わたしたちも数回、神官につられるように深々と頭を下げた。

ふと気付くと、神官は神饌《しんせん》を献じている。大きな本物の鯛である。濡れた鱗が生々しい。祠の前に備え、その後どうするのかと見ていたら、最後には三方に載せたままライトバンに仕舞ってしまった。あちこちで鯛を使い回すつもりなのかもしれない。そんな調子でいつしかお祓いは終わった。十五分程度であったろうか。神官のライトバンが走り去り、わたしたちが鳥居の横に取り残されて所在なさそうな顔をしていると、院長がコンパクト・カメラを取り出した。事務長があわててそのカメラを受け取り、我々は整列して記念写真を撮ってもらい、そのまま解散になった。

以後、事故や事件はふっつりと生じなくなった——と、そんな実感はなかったけれども、そういえば一時期ほどトラブルはなくなったなあと数ヵ月後に思い当たったのであった。いかにも霊験あらたかといった印象ではなかったものの、あのお祓いは、祠や鳥居の新調と「込み」で、それなりに何らかの効果をもたらしたのかもしれなかった。もっともそのときのわたしにとっての関心は、いったいお祓いに要した費用は事務手続き上どのような名目にしたのかということであった。都立病院において、まさか厄払いが計上され得るとは信じ難かったのである。

実はお祓いの際に、最後に神官があれこれと素人向けに説明をしてくれるものと期待していたのであった。ここの祠には何が祀られどこの末社で、いったいどのような祟りがあったのかを教えてくれてこそのお祓いだと思うのだが、それがなかったせいで、どうも雲を掴むような印象しか残っていない。そして病院の建て替えに際して、祠がどうなったのかいささか気に掛かるところではある。

今までに、数回ばかりお祓いを受けに行ったことがある。場所は三重県松阪市の岡寺山継松寺と神奈川県高座群の寒川神社だ。前者は妻の実家の近くだから、後者は占いに行った〈中野の母〉に「最強のパワースポットだから行ってきなさい」と言われたからである。どちらもお布施を高めに出して祓詞の中にちゃんと当方の名前を織り込んで読み上げてもらった。御札も貰い、アマゾンで買ったコンパスで方位を確認して壁に貼った。これで不運が退散しなかったらおかしいだろ、といった気分になった。

で、結果はどうであったか。少なくとも嬉しい出来事が生じたわけではなかった。でもそれだから効果がなかったとは言えまい。お祓いを受けていなかったら、再起不能レベルの厄災に襲われていたかもしれない。遅かれ早かれいずれ運は好転する（そしていずれ下落する）のが世の習いとするなら、衰運の時期にもかかわらず大事故さながらの精神的打撃に見舞われないだけラッキー、と感謝すべきだろう。

幸運と不運がサイン・カーブを描いて交互に訪れるのが人生に与えられた普遍的なパターンとするなら、不運や不幸がよりディープであるほうが幸運も素晴らしいものが期待出来るのではないか、ならば半端に苦しみが軽減されるとかえってつまらない人生になってしまわないだろうか、などとマゾヒスティックな考えに取り憑かれたことがある。

だがサイン・カーブを描くのはその通りだとしても、どうも幸不幸がプラス・マイナスでゼロになるとは限らないようだ。いや、ヒトの寿命が千年くらいあったらゼロになるだろうが、所詮は歪なカーブなので百年程度では幸か不幸に偏ったままの人生に終わってしまうのだろう。

お祓いはそれを受けようと本気で思って腰を上げるその意志に意味があると思う。その意志が人生を仕切り直させ、迷いに区切りをつけ、不運を退ける。だから惰性でしょっちゅうお祓いなんか受けても、その弛緩した態度ゆえに無駄な筈だ。意志ということなら、邪教めいていようとサイコな呪文だろうと、むしろセルフメイドのお祓いのほうがよほどパワーを内包するのではないか。そうなると、モーパッサン式「お祓い」術は結構な効果をもたらすかもしれない。

前章で述べたようにモーパッサン式「お祓い」術とは、エッフェル塔が嫌いなモーパッサンがエッフェル塔を見ないで済むようにあえてエッフェル塔内のレストランで食事をしたというエピソードに因み、両親が住んでいたマンションをリノベーションしてそこへわたしが上書きして住むことで、ことに母親の呪縛から逃れようという捨て身の作戦なのであった。そのつながりとして、住まいについて考えを巡らすこと自体が、もはや甘美な自己救済の香りを帯びているのであった。

それにしても、建物や住まいを作るプロセスに強烈な思いを託したり情熱を傾けるのは結構リスキーな気がする。思い入れが強過ぎると感性は暴走しがちで、自分が見えなくなる。過剰な内面がそのまま建築物に具現化されると、往々にしてそれはグロテスクになったりキッチュになる。しかもそこに当人が居住する（あるいは、少なくとも出入りする）ことで、心の内側と建物という具体物とが互いをエスカレートさせていくような危うさを醸し出す場合がある。

いわゆる「狂人が作った建物」というものがある。渡辺金蔵（精神科医・式場隆三郎の『二笑亭綺譚』では赤木城吉とされているがこれは仮名）が施工主となり昭和六年八月一日、深川区門前仲町二丁目三番地五（現在の江東区門前仲町二の四の十）に完成した二笑亭や、孤独な郵便配達夫が作り上げたシュヴァルの迷宮、巌窟ホテル・高壮館といった類である。もしこれらの実物と向き合ったとき、奇想とか突飛さよりも、おそらくわたしは羞恥心の欠落をもっとも感じそうな気がする。それは客観性の欠如ということで説明可能だが、むしろ羞恥心を忘れさせてしまうほどの気持ちの高ぶり（およびその持続）にうろたえさせられる。そう、世間の目をまったく気にしないだけの高ぶりに。しかも建築物はいったん出来上がってしまったら、基本的にもはや取り消し不可能である。あらゆる人々に、自分の内面を開陳し続けるようなものだろう。噂になり伝説となるだろう。そこがしみじみと恐ろしい。

そうした消息に関わるものとして、ささやかだけれどこんな記憶がある。

昭和三十年代の前半、まだわたしが小学校低学年であった頃のことだ。当時は所沢に住んでいて、家は木造・和洋折衷の冴えない平屋（応接間だけが洋間）で、それなのに妙に小洒落た芝生の庭があった。スピッツを飼っていた（名前はポッポちゃん）。間取りはまったく思い出せない。引っ越しが多かったせいだろう。

いつも父と行く散髪屋があった。理髪師の主人は痩せて背が高く、客の襟足を刈るときにはせっかくの空気圧式の椅子で客の頭の位置を上げようとはせず、両足を大きく応援団長のように広げ、自分自身の高さを微妙に沈ませて鋏を使っていた。

彼は自分を芸術家と自認しているところがあり、洗髪をする流し台（それぞれの客席に付属しているわけではなく、店の奥の一角にそれはひとつだけ設置されていた）の上には自分で描いた抽象画が飾ってあった。新聞紙を広げたよりも大きなキャンバスに油絵の具で塗りたくられたその絵は、風にあおられたカーテンの裾を偏執的に描いたように見えた。色は暗い緑が中心で、絵の隅は真っ黒に塗られていた。どことなく黴みたいな色彩で、気味が悪い。そんな絵があるせいで、頭を洗ってもらうのが嫌で仕方がなかった。

わたしと父とが二つ並んだ椅子にそれぞれ座り、父は芸術家気取りの主人に、当方は弟子らしき小太りの青年に調髪をしてもらっていた。磨き上げた鏡に自分の上半身が映り、その背後には窓が映り、窓の向こうは晩春の淡い色に彩られた風景だった筈だ。規則正しく髪を刈る単調な鋏の音の向こうから、父と店主との会話がはっきりと聞こえてくる。政府の外交政策について無責任な意見を論じ合っていた筈なのに、内容はいつしか近所に出来た酒場についての話になっていた。それは尋常ならざる酒場らしかった。

オーダル（大樽）という屋号がその酒場《バー》には冠されていて、驚くべきことにその名前の通り、どこからか運んできた巨大な樽をそのまま建物として使っているという。果たして建築物なのか「樽」に過ぎないのか。あんなものが商売になりますかねえとか、そんな好奇心剝き出しのやりとりがのんびりと交わされていた。

いったいオーダルとは何なのか。理髪店の椅子に腰掛け白い布を被せられたまま、わたしは胸が高鳴ってきた。本物の樽だって？　あの『宝島』の挿絵に出てきた海賊船の樽と同じ形なのか？

散髪の帰りに、父と一緒にそのバーを見物に行った。舗装されていない道路があり、片側に空き地があり、空き地と乾物屋との間に、なるほど馬鹿でかい樽が鏡板を天井にする形で鎮座していた。どこか孤独で不安げで、座礁しているようにも見える。父もわたしも、一瞬、うろたえた。

なかなかインパクトに満ちた物件である。胴の中程がずんぐりと膨らんだ洋風の樽で、かつては何が入っていたのだろうか。もちろんわたしはこんなに大きな樽なんか目にしたことがなかった。交番くらいの大きさがあるように感じられた。

全体が艶のない真っ黒に塗装され、帯金も黒光りし、ドアの部分は四角く切り取られて、やはり黒い扉が取り付けてある。窓は見当たらない。ドアの脇に黒く塗られた板が立て掛けられ、そこに気取った英語の筆記体（赤い文字）で店の名前が書いてある。たぶん、BAR OHTARUとでも書いてあったのだろう。青いペンキでカクテルグラスがネオンのように描かれてもいた。その看板は、ドアの上方に取り付けられた小さな電球で照明される仕組みであった。木製の電柱からは電線が引き込まれており、そのせいで巨大な洋樽は一応建物として機能しているように見えた。電気が通っていなければ内部は真っ暗に違いないし、電線が引き込まれていてこそ町の一部としてそのバーは認知されることになるだろう。

父とわたしは無言のまま道に立ち尽くし、バー・大樽をじっと眺めていた。それは馬鹿げた「しろもの」であり、どこか不発に終わった冗談のように見えた。と同時に、（いささか独りよがりながらも）アバンギャルドそのものでもあった。少なくとも、散髪屋のオヤジが描いた抽象画よりはよほど前衛さを感じさせた。おまけにこの怪奇な樽の中には、今現在、客がいるかどうかはともかくとしてバーテンダーだかマスターがじっと控えているに違いなかった。なぜならドアの上の小さな電球がまだ昼だというのにぼんやりと灯っていたからだ。あの電球が灯っているかどうかで営業中かどうかのサインになっていると思われた。

いわゆるスタンド・バーなのだろう。中はどのようになっているのか。誰か出入りしてくれればドアの向こうがちらりとでも見えるのに、巨大な洋樽は沈黙したままである。父は一人で酒を飲みに出掛けるようなタイプではない。試しに入ってみよう、などといった行動には出ない。それにこの店は、いかがわしげでもある。バーを装いつつ、不良や悪漢が秘密の取引でもしそうな気配がある。この店の常連になりそうな種類の人物をわたしは身近に見たことがなかった。所沢なんかじゃなくて、外国船が入港する港町にあったほうが相応しいようであった。

この真っ黒な大樽の前でいささかたじろぎつつも、わたしは強く惹かれるものを感じていた。何よりも、中にいるであろうマスターに興味があった。わたしはこの店のアイディアを思いつき実行に移した人物と、マスターないしバーテンダーとが同一人物と勝手に決め込んでいた。その人のセンスは、いささか常識から逸脱しているに違いない。風変わりで歪んだユーモアに染められている。気が狂っているわけではないだろうが、世間で広く認められ賞賛されるようなセンスではない。その時点で彼は既に小さな不幸あるいは屈託を抱えてしまっている。まあ小学生がそこまで言語化はしていなかっただろうけれど、今になって言葉を補ってみればそんなことを感じていた。

内部にいるマスターは、この樽を誇らしいと思っていたのだろうか、それとも愚かなことをしてしまったと悔やむ気持ちも持っていたのだろうか。ちょっと「やり過ぎ」ではなかったか、と。それまでの人生の総決算として彼はこの店に勝負を賭けている筈だ。いったいどんな人生を送ってきたのか。人生の総決算が巨大な洋樽を転用したバーであるという事実を自分で面白がれるならばともかく、気恥ずかしさや虚しさに打ち負かされそうになっていないないだろうか。

X線の目で樽の中を透視したら、苦々しげな表情でマスターがカウンターに両手を突いて項垂れている――そんな光景が想像されてならないのだ。

かつてはワインだかウイスキーだかもっと別の液体が入っていた容器の内部に、今はマスターが立っている。とんでもない落差だ。その二重性が、マスターという人物を日常の流れからくっきりと際立たせているように感じられる。それどころか彼の孤独感や鬱屈までがはっきりと見えてくるように思える。突飛であると同時に切実な詩情を、かつてのわたしは真っ黒な「バー・大樽」を前に感じ取っていたようなのであった。

気合いの入った現代建築としての個人住宅や店舗は、しばしば「バー・大樽」と大差ない気がしてならない。その異物感には、誇らしさと同時に「取り返しのつかない」気持ちや気恥ずかしさ、自分で自分にわざわざその理由を言い聞かせずにはいられないような逸脱性、ドレスコードを弁えない客のような傍若無人さ、お調子者にも似た軽率さ、主義主張に目がくらんで日常を疎かにするような奢りなどが混ざり込んでいる。

たとえばある著名な建築家が、実際にプランを実現させた住宅について自ら説明した文章がここにある。

House N　家族ふたりと犬のための住宅。家全体は三重の入れ子によってできている。一番外側の殻は敷地全体を覆っており、その内部の庭は外部空間である。二番目の殻はその囲まれた外部空間の中にさらに限定された場所を囲い取る。三番目の殻は、さらに小さな場所をつくり出す。それぞれの殻の中とその間の空間によって、何か場所の濃淡のようなものが生まれる。(中略)

三重の入れ子とは、つまり無限の入れ子である。世界が無限の入れ子でできていて、その間のほんの三つが、かすかに目に見える形を与えられている。(中略)宇宙から一軒の家までをひとつの成り立ちによって同時に構想し得た、究極の住宅の提案。(『建築が生まれるとき』藤本壮介、王国社2010)

まあ建築家が言いたいことは分かる。でもそれを他人が住む家で実験してみるというのは、なかなかの度胸である。好みは人それぞれだが、写真を見た限り住んでみたいとは思えない。土地付きで進呈すると言われても辞退する。近隣とあまりにもかけ離れた造りで、唐突としか形容出来ない。この家を宇宙規模につながる入れ子の一部だと自分に言い聞かせながら住む気がわたしには起きない。近所の人に道を尋ねたら、「その道を行くと白い変な家があるから、そこを左に曲がって……」などと言われたりするのではないか。住む人が心の底から満足していれば目出度い限りだが（飼い犬は満足するかもしれない）、あなたはそうであると本当に信じられますかと建築家に質問してみたい気分に駆られるのである。服におけるオートクチュールみたいなものだとしても、下世話な民家が建ち並ぶ一角におけるこの個人住宅となると、超未来的な服装で牛丼屋へ行くようなバランスの悪さを覚えずにはいられないのである。

こんな調子だから、わたしは賞などを貰っているような立派な建築家は信用する気になれないのである。おそらく彼らの詩的言語によって説き伏せられてしまい、でもリアルにおいては使い勝手がものすごく悪いうえに気分が落ち着かない家を作らされる羽目になるだろう。そんな家では、砂上の楼閣ならぬ詭弁の楼閣に住んでいるように思えてしまいそうだ。悔やんでも、もはや別の家を手に入れる資金もないだろう。売り払うのも難しそうだし。

医師になって実家を出て以来、わたしはずっと借家暮らしであった。結婚してからは、代々木、目黒、神楽坂と、賃貸のマンションを転々としてきた。タワーマンションが欲しいとか、一軒家が欲しいとか、そんな欲望を抱いたことはない。漠然と、一生借家暮らしだろうと思っていた。家に興味がないわけではない。たまに建築関係の雑誌や書籍を買うことすらある。だが都内の通勤に便利な場所に、自分が望むような家は金額的に持ち得ない。分相応な家では（たぶん）狭過ぎる。段ボールに百箱以上の本を収納出来る書斎を確保出来ない家なんか、わたしにとっては意味がない。

豪華な家なんか欲しくない。タワーマンションでお仕着せのゴージャスさを享受したり、いじらしげな建て売り住宅で妥協するくらいなら賃貸のほうがマシだ。では本心では、どんな家が好みなのか。

好みの家を簡潔に述べるのは難しい。物体としての家そのものよりも、むしろ家にまつわるエピソードとかちょっとしたイメージのほうが次々に湧き上がってしまい、それを一軒の家としてまとめ上げられないからだ。まあ、まとめ上げられる才能があったら建築家として生きていけるのかもしれないが。そこで、まずは建物に関する挿話を四つほど挙げてみたい。

【侵入者たち】

わたしのスクラップブックには、こんな古い新聞記事の切り抜きが貼ってある。
1998年十一月六日付・朝日新聞朝刊の〈青鉛筆〉という囲み記事である。

長引く不況で親会社が倒産し、借金の返済を迫られた東京の元デザイン事務所経営者(47)。自殺を図ろうと八ヶ岳南ろくまで来たものの、他人の別荘に住みついてしまった――。

盗みや住居侵入の罪に問われた男の「暮らしぶり」が、甲府簡裁で五日にあった初公判で明らかにされた。別荘地にやってきたのは四月。最初は床下で寝起きしていたが、寒さに耐えられず室内へ。食べ物がなくなり、十数軒の別荘を転々とした。

「居心地がよくてズルズルと過ごしてしまった」。デザイン技術を生かし、ある別荘の中にあった水彩絵の具で絵を描いたり、読書したり。自然のなかで、生きる意欲を取り戻したのはよかったが……。

以上が全文である。食料を漁るために十数軒の別荘を転々としたわけだが、絵を描いたり読書をしたのは、おそらく容疑者にとって特定の「お気に入りの家」だったのではないか。調達した食料を持ち込んで同じ別荘に長く滞在したのではないかと勝手に考えたくなる。すると、容疑者が死を忘れて文化的な生活に浸った家屋はどんなものであったのかが気になってくる。自分の家に見知らぬ人間が侵入するのは気味が悪いけれど、その人間がつい居着いてしまいたくなるような心地よさと精神的な豊かさを持った家であるなら嬉しいことだとも思うのである。

吉屋信子の短篇に「生霊」という作品がある（昭和25年）。こんなストーリーである。

敗戦間もない頃、建具職人の菊治は初冬の高原をとぼとぼと歩いている。彼はすっかりうんざりしている。肺結核が見つかり、親戚を頼って転地療養をしようと訪ねて行ったら断られてしまった。仕方がないので高原を抜けて駅まで行って東京へ戻ろうとしていたのだ。やがて別荘地にさしかかる。「バンガローというのか、外国の小屋みたいな家」が散見される。折悪しく冷たい雨が降り出し、いよいよ菊治は気落ちしてしまう。雨宿りをしようと彼は一軒の空別荘へ近づく。本来の仕事は建具職人だし、大切な道具はリュックの中に入っている。その道具類を使えば、別荘への侵入は簡単だった。

人の気配のない別荘には暖炉があった。菊治は古新聞や薪を見つけ出して燃やし、暖を取る。湯を沸かす。翌日には、「その高原の夏の避暑客を相手にしている町、冬はさびれているが、それでも町の人たちのための食料品や雑貨の店が戸を半開きにしているといったような町通り」に出て食料を調達する。彼は自分が盗人や浮浪者なんかではないとの自尊心を保っており、だから恩返しにと別荘の建て付けの悪い戸や扉を修繕する。あるいは壊れた玩具の空気銃を見つけて修理し、それを使って山鳥を捕ろうとする。何となく、会ったこともない別荘の住人に菊治は親密さに近い感情を覚えるようになってくる。

やがて別荘地の管理人の老人に菊治は見つかってしまう。だが不審者として咎められない。不思議なことに、別荘の持ち主一家の息子、大学生の青木享一（従軍して捕虜となり、ソ連のラーゲル収容所で死去している）と菊治はそっくりらしいからなのである。享一の死を知らない管理人はすっかり思い違いをしている。成り行きから菊治は享一として振る舞い、約一週間の滞在を経てそっと姿を消す。翌年の夏、別荘を訪れた青木家の人たちは、死んだ筈の享一が冬に出現したことを管理人から聞いて驚き、名も知らぬ瓜二つの男（菊治）に深々と思いを馳せるのだった。

青木家の人たちに奇妙な感慨がもたらされたいっぽう、別荘は不幸な侵入者の荒んだ精神を癒し、彼に気持ちを新たにする作用をも発揮したのだ。

そう、ある種の家には、新聞記事や吉屋信子の小説に登場した別荘のように、人の心を励まし創造的にしてくれる作用が備わっている気がする。そんな家をわたしは望むわけである。

【いかがわしい家】

エラリイ・クイーンの推理小説に『途中の家 HALFWAY HOUSE』(1936)という長篇がある。小説としての出来栄えはあまり感心しないのだが、ミステリとしての謎が素晴らしい。ペンシルベニア州とニューヨーク州との境目あたり、人気のない荒涼とした土地に掘っ立て小屋のような小さな家がぽつんと建っている。部屋は一つしかなく、古く、荒れ果てた家だ。これがタイトルにある「途中の家」で、内部の描写はこんな具合である(青田勝訳、ハヤカワ・ミステリ文庫1979)。

彼は家の内部を一と通り見た。部屋は天井が低く、壁は色があせてところどころ漆喰がはげおちていた。向う側の壁には旧式の伸縮自在の衣装掛けがあって、男の服がかけてあった。部屋の隅にあるうすぎたない鉄の流し、飾りも何もない納骨堂のような古臭い暖炉、電気スタンドののせてある丸テーブルなどが眼に入った。そしてこの電気スタンドだけがその部屋を照らしているのだった。ベッドもなく、寝棚もなく、ストーヴも戸棚もなかった。あるものは古くさいがたがたの椅子が数脚と、ふくらみすぎていてしかもひどく傾いたアームチェアが一脚あるだけだった……ビルは身を硬くした。

この家の中でビル（謎の電報で家まで呼び出された弁護士）は男の死体を発見する。他殺である。調べが進むうちに、遺体と化していた男がとんでもない人物であったことが判明する。彼は重婚をしており、フィラデルフィアではジョゼフ・ウィルソンという名の旅回りのセールスマン、ニューヨークではジョー・ギムボールという富豪一族の入り婿として振る舞っていた。週の半分ずつをそれぞれフィラデルフィアとニューヨークとで一人二役を演じていたのである。「途中の家」は、服を着替え心を切り替え変身するための中継基地として使われていた。探偵エラリイ・クイーンの台詞を引用しよう。

この場所そのものが、二重人格説の有力な裏づけなのだ。この家で、二つの人格が混り合っていることは明白だ。ウィルスンの服と、ギムボールの服、ウィルスンの車とギムボールの車がある。ここはいわば中立地帯なのだ。たしかに彼はフィラデルフィアに行く途中、定期的にここに立ちよってウィルスンの服に着換え、ウィルスンのパッカードに乗り換えたのだ。そしてニューヨークに帰る時は、またここに立ちよってギムボールの服装に着換えて、ギムボールのリンカーンで帰ったのだ。

といった次第で、このミステリの謎とは、「途中の家」で発見された遺体は果たしてウィルソンとして殺されたのかそれともギムボールとして殺されたのか、そのどちらであったのかという設問だったのである。

人間という存在のあやふやさや気味の悪さがミステリの形で巧みに炙り出されているように思われ、わたしはひどく感心した。そして「途中の家」はなるほどベッドもないのだから住居としては役に立たないものの、家という特異な存在の性格や魅力の一端をいささか歪ませて拡大していると感じた。

家は、雨露が凌げて居心地さえ良ければそれで十分というものではあるまい。暮らすということはそんな単純なものではない。家の中で、おそらく人は化け物になる。普段は繕い隠していた本性を露わにする。くつろぎや安心感、開放感や落ち着きを味わうと同時に、グロテスクな欲望や卑しい感性、おぞましい妄想や不安定な心を無防備にさらけ出す。そうした負の側面が「途中の家」に結実している。ギムボールからウィルスンに、ウィルスンからギムボールに変身を遂げるとき、その男は薄笑いを浮かべていたのではないか。舌なめずりをしていたのではないか。秘密を持つことでもたらされる全能感に似た感覚、小細工を弄する楽しさと淫靡な高揚感は、室内の索漠とした眺めと相俟って、日常から超出した興奮をもたらすだろう。

そう、家とは、基本的に「いかがわしさの容器」といった性質を備えているのである。したがってわたしにとって望ましい家である条件のひとつは、しっかりと「いかがわしさ」を自覚した家ということになる。抽象的な言い方になってしまっているが、マンションを含めて巷の家々にどこか偽善的で半端な印象を受けがちな理由の一端は、いかがわしさの容器であることへの自覚が足りないことに根差している気がする。

【埋め込まれた部屋】

百人の著者が面白そうな住まいについてそれぞれ原稿を寄せた『見知らぬ町の見知らぬ住まい』という魅力的な題名の本がある（布野修司編、彰国社1991）。その中で、木下譲《たかし》という人が「コンクリートの中の山小屋」なる文章を寄せている。茨城県で開業医をしている「登山好き」の人の住まいの話である。

開業医は地域に多くの患者を抱えているから、何日も続けて医院を休むわけにはいかない。したがって、遠くへ遊びに行くのは難しい。ましてや本格的な登山などは難しい。医院に縛り付けられた生活を強いられるわけだ。

だがその開業医は意外な建物を建てた。なるほど外見はコンクリート製の四角い医院併用住宅で、まことにありふれた建築である。三階建てで、一階は診療所、二階と三階が住居になっている。素っ気なく、変わったところは何も見られない。

たとえ別荘なんか建てても、ドクターはなかなかこの医院から離れられないだろう。残念な話である。そこで山登りの好きな彼は、居住スペースの部屋のひとつの内装を山小屋そのものにしてしまった。杉の丸太に平板、檜の縁甲板、クヌギ、煉瓦などを使って、コンクリート建築の中に埋め込まれた「本物の山小屋」を作り上げてしまったのだ。暖炉まである山小屋で、それが扉一枚で普通の住居とつながっている。外からは分からない秘密の山小屋である。これなら、ドクターはドアを開けるだけで日常から離れて山小屋に籠もることが出来る。著者は記す、「私は思う。難しいことはいい、その人間人間が欲しいものを手に入れられる住まい。それが最高の住まいではないかと」。

作りは本物でも、自然の中にあるわけではない。コンクリートの医院併用住宅の中に埋め込まれているのだからニセモノである。だがそこは想像力で補えば良い。本物とニセモノの「あわい」が医院の建物の中に隠されている。その発想にわたしは胸がときめく。物好きな医者がキッチュなしろものをこしらえたと言えば、まさにその通りだろう。けれどもそれは面白半分の思いつきではなく、相応の切実さがあった。苦笑交じりの本気があった。だから熱海の秘宝館とかパチンコ屋の屋根に建てられた自由の女神像とは意味が違う。もっと生活の深層に「独特のやり方」で通底している。

わたしはこの山小屋を断固支持する。

【崖っぷちの喫茶店】

目黒。アスファルト道路の片側が真っ直ぐ下に落ち込んで、崖になっている（危険だからガードレールがちゃんと備わっている）。もはや断崖に近く、道路の下の土地とは4メートル以上の段差がある。しかも下の土地は、波打ちながらも遠くに行くに従って標高が低くなっているらしい。だから道路からは、遙か向こうまでごちゃごちゃと小さなビルや学校や民家や雑木や神社などが、パノラマのように広がっているのが眺められる。

下から鉄の支柱で支えられ、道路の縁から空中へ突き出すようにして木造の建物が作られていた。その部分だけガードレールは途切れている。小さな喫茶店で、そこでハムサンドと珈琲を注文したことがある。純粋に店舗だけの建築物で、マスターがそこに住んでいるわけではない。青いペンキが塗られ、何となくボート小屋みたいな感じの建物だった。

床が板張りで、歩くと靴音が響く。足の下に空っぽの空間が広がっているのがありありと分かる――そんなふうに音が響くのだった。うっかり床を踏み抜いたら、そのまま空中に放り出されてしまいそうな危うさがあって、ちょっと怖いが楽しい。トイレは使わなかったが、入ったらなお不安定な気分を満喫出来たかもしれない。

冴えない医大生であったわたしは、この喫茶店で働きながら一生を終えたらどうだろうか、などと半ば本気で考えたりしていた。別にお洒落な喫茶店でもなく、客だって少ない。でもそこそこ商売が成り立つとしたら、これからの人生の三分の一くらいを空中に突き出た小屋みたいな建物の中で過ごすのも悪くない。当時、無季の現代俳句で伊丹公子という人の作品に関心を寄せていた。そんな彼女（もう故人になってしまった）の句に、というのがあり、俳句としての評価は分からぬものの一行詩としては妙に魅力的だと思っていた。崖っぷちの喫茶店にはその句を思い出させるところがあった。また、床板を踏んだときの感触には、船の甲板を歩いたり洋館の内部を歩いたときの記憶が伴っていた。下世話な日常から少しばかり遠ざかった華やいだ気分があり、自分の輪郭がくっきりとしてくるようにも感じられた。

そしていちばん重要だったのは、AでもあればBでもあるという不思議な感覚であった。すなわち地面と地続きになった一軒の喫茶店であると同時に、空中に浮かぶロープウエイのゴンドラみたいな不安定さをも（イメージ的に）備えているその建物は、その同時性というか建築的ダブルミーニングがわたしの心に広がりを与えたり「ときめかせて」くれるように思われた。そうした点からは、さきほどの「埋め込まれた部屋」も同族かもしれない（医院併用住宅の内部であると同時に、本物の山小屋の内部そのものでもある）。

でもなぜ建築学的ダブルミーニングがわたしの心の奥にまで届くのだろう。これはたんなる観念ではなく、体験ないし体感として立ち上がってくる二重性であり、そうした特性が複数の人生経験をいっぺんに味わっているような高揚感につながっているからではないのか。精神生活が煮詰まっているときのわたしには、余裕の欠落よりもむしろダブルミーニング的な飛躍の能力を失っている気がする。
建物が人の心に豊かさを取り戻させるケースは、確かに存在するのだ。

こうして建物を巡るエピソードを記憶の中から引っ張り出してみると、感情と家屋とがセットになって心に根付きがちに思える。しかもかなり微妙な感情が、家屋を媒体にして定着されている。もっとも、子ども時代の体験として述べたバー・大樽のような奇妙な思い出はむしろ妙に孤立していて、どこか啓示に近いような気がする（いずれ、予想もしない形で意味を帯びてくる時があるのかもしれない）。そして建物と精神との関連から勝手に推察すると、鬱屈した精神に救済を与えてくれるような家を作り上げる事もひょっとしたら可能ではないのか。そんな妄想を抱きたくなってくるのである。

六十歳を迎えた頃から、人生がみるみる生彩を失ってきた。年齢的にはいよいよこれから円熟していく筈なのに、オレはいったい何をやってきたんだろうと虚しさに囚われ、物を書くという仕事も落ち目になりつつあるように感じられるようになった。ピークなんてなかったのに落ち目かよ、と当惑するやら腹立たしいやらで「いたたまれない」気持ちになってくる。体調もいまひとつだし、よるべなさで押し潰されそうな気分に陥った。

自分なりに努力したり奮闘しても裏目しか出ない。鬱病を疑ったが、そうではない。カウンセリングを受けるのは業腹だし、カウンセラーのほうだって同業者を相手ではやりにくかろう。占い師のところまで行った顚末は前著『鬱屈精神科医、占いにすがる』に書いた通りである。

低迷している時期に母が亡くなり、父は既に他界していたから、一人っ子のわたしは古いマンションを相続することになった。医学生時代にはわたしも住んでいたことのある武蔵野市のマンションである。百平米の広さがあるが、売却するにせよリフォームが必要だろう。当初、ここに移住する気なんてまったくなかったのである。

最寄り駅である三鷹駅・北口（区画では武蔵野市）の近くにタワーマンションがあって、そこの上のほうにフェミニストで有名な女性評論家や著名な女性カウンセラーが住んでいることを知っていた。面識はないし論争するような関係性もないのだが、位置的に彼女たちがこちらのマンションを見下ろす形になる。まさに「上から目線」というわけであり（こちらが勝手にそう思っているだけである）、頭の上から小馬鹿にされているような気分で面白くない。こちらの惨めな気分が倍加しそうじゃないか。冗談じゃない。だからますます住みたくない。妄想レベルの僻《ひが》み根性である。でも売却するといったい幾らくらいになるのか。あんまり安いと、喪失感で本当に鬱病になりかねない。

そんなわけでぐずぐずしていた。いっぽうそのときには神楽坂の賃貸マンションに住んでいたが、日々ロクなことがないうえに占い師からは方角が悪いと言われていたので、すっかり引っ越したい気になっている。そうした時期に、住まいを特集した雑誌でリノベーションというものを知った。リフォームは新品同様へと現状回復を図る工事であるが、リノベーションはもっと大掛かりらしい。マンションの場合だと、壁も床も取り去ってコンクリート剝き出しの筐体にまで戻し、バス・トイレの位置まで変え、間取りも変更し、もちろん壁や床や天井などもまったく別なものに取り替え、以前の名残をまったく留めないものに作り替えられるらしいのである。

マンションだから、外側は以前と同様である。だが内部だけは劇的に変貌する。たとえば、あの茨城県の開業医が医院併用住宅の中に本物の山小屋を埋め込んだように、自分の思い描く通りの家、それも内部だけをしっかり実現出来る。家というとつい外観が気になってしまうが、考えてみれば我々はその「内部」に住むのである。外観に手間や金やエネルギーを費やしていたら、おそらく内部について考える前に疲れ果ててしまうのではないか。外観は従来の古いマンションのまま、内部だけをいわば「妄想の住居」のインテリアとして作り替える――そのクールなアイディアに、わたしは心を摑まれた。今までの自分の常識や価値観を覆されるような感触があった。どこか非現実的で、むしろ「家の中」という舞台装置に住むような微妙な非現実感にわくわくする。

神楽坂で、わたしの住んでいた四階建てのマンションの近くにブックカフェがあった。『キイトス茶房』という店で（キイトスとは、フィンランド語でありがとうの意味）、古いビルの二階にある。廃墟一歩手前とは言い過ぎだが、かなりくたびれたビルだ。マスターは口数の少ない人で、仕事はきちんとこなすが馴れ馴れしくないのが嬉しい。この人は、ホームページによれば心臓が生まれつき右側に位置しているそうである、どうでもいいことだが。店内の(良い意味での)雑然とした感じが書斎のようでくつろげる。妻が当直で不在の晩は、しばしばここに一人で本を持参で出掛け、カレーとコーヒーの夕食を済ませることがあった。

このカフェに通ううちに、「こんな感じの家に住めたら、内面生活が豊かになりそうだ」と思うようになった。子どもの頃から、「もしここに住んだら、自分はどのような生活を送ることになるのだろう」といった発想をする傾向があったので、当然の成り行きではある。通天閣の展望台に隠し部屋があって(窓はなくても可)そこに棲み着いたらどうかとか、古い時計屋を買い取ってショーウインドウのディスプレイや看板はそのままに住んでみるとか、昔の写真館のスタジオを自分の部屋にするとか、山奥の小さな天文台を自宅にするなどの夢想の一環というわけである。

わたしはブックカフェを営みたいとは思っていない。でも「もとブックカフェ」か「その気になればブックカフェとして営業可能」な程度にブックカフェ度を高めた家に住みたい。いや、古いビルの一室を改装したブックカフェだからこそ気に入っているのであり、つまり「古くて廃墟にでもなりかねないビルの内部なのに心地よい空間がある」といった意外性、あるいは両義性に憧れている。

そう、ダブルミーニング、両義性、非現実感、舞台装置、意外性、ニセモノ、いかがわしさ――そのような言葉がどうもわたしの住居には必要なのだった。

親から相続した古いマンションにリノベーションを施して住む。そうした営みには、モーパッサン式「お祓い」術の実践のみならず「自己救済としての家づくり」といった痛切な動機があった。落ち目で虚しい人生になりつつある現状を改善する手立てのひとつとして、自分の思い通りの家を作ることが有効なのではないかと考えたわけである。その考えの裏付けとして、「さまざまな家や建物にまつわる素敵な記憶があるからには、素敵な記憶を生み出せる家や建物を手に入れることも出来る筈で、そのことによって人生が好転する可能性があるのではないか」といった、いささか能天気な発想があったのだ。好転した人生はそれがもたらす直接的な喜びのみならず、母に誇りに思ってもらえる息子像に少しでも近づけたという点においてわたしの心を平穏にしてくれるだろう（いや、母を完璧に満足させられる存在には決してなり得ぬことをあらためて実感して気落ちする可能性のほうが高そうだが、今はそこまで先回りして心配する余裕はない）。

もしかすると読者の中には、自己救済のために自分なりの家を手に入れようなんて、そりゃ成金の発想だろうと反感を持つ人もいるかもしれない。金に飽かしていい気なもんだ、と。でもね、兄弟姉妹のいないわたしが親から相続した古マンションを改装するだけなのであり、その費用も親の遺産を全額投入することで賄う。恵まれているといえばその通りかもしれないが、もともと当てにしていた不動産でも遺産でもない。しかも親とはいささか複雑な確執があったので、あえてモーパッサン式「お祓い」術を実践したわけである。母は買い物依存症だったので、遺産はゼロに近いと思っていたら予想以上にあっただけの話で、所詮は泡銭である。だからさっさと全額使い切ってしまうことにしたのだ。

七年くらい前までは、わたしが生涯で最大の買い物額は百万円（父の戒名）であり、その後は自動車（ミニクーパー）が最高額、そして今回リノベーション＋家具の代金で更新となったが、これまでずっと借家を転々としてきたのだから還暦過ぎの住居対策として別に贅沢でも不自然な振る舞いでもあるまい。もしもマンション相続がなかったら、それはそれでもっと別な「お祓い」や自己救済の手段を考えただけであり、手近な機会を活用するのはごく当たり前の話だと思う。

さて「自己救済としての家づくり」という標語のもと、わたしは家づくりを契機として、自分自身の内面についてどのような変化を期待し思い描いていたのか。四つばかりあるので、それを列挙してみたい。

①人生や世界への向き合い方を仕切り直す手始めとなるのではないのか。

②夢想の実現に近似した喜びが得られるのではないか。
③自己実現としての棲み処が、自己肯定につながるのではないか。
④心地よい棲み処が精神的な余裕をもたらしてくれるのではないか。

以上、四つである。

まず①について。詩人・小説家の小池昌代が「家について」というエッセイ（『黒雲の下で卵をあたためる』岩波書店2005所収）でこんなことを書いている。

外出していて、気分が悪くなることがある。そういうとき、わたしはとにかく家に帰りたくなる。家に帰ってもよくはならないかもしれないのに、動物の本性で、ひとりになりたくなる。そしてその場所は家でなければならない。そこに帰りつけば、何とかなるような気がする。死ぬときもきっと、そう思うのだろう。

わたしにも似たところがあって、身体的に辛いとき、絶望したり不安や悲しみに押し潰されそうなときには、とにかく家に帰って独りになりたくなる。慰めとか優しい言葉よりも、家の中へこそこそと逃げ込みたい（だから薄暗い家をわたしは好むのかもしれない。その件については次章で述べる）。そして息をひそめるようにして、じっとしていたい。

祈るわけでもないし、助けを求めるわけでもない。ただ家の中にいて、ぼんやりと壁や天井を眺めるだけである。見慣れた家具やインテリアを視界に収めるだけである。

多くの「困った」事象は、最終的には時間の経過に解決を委ねるしかない。じっと待つ。その苦しい時期に寄り添ってくれるのは家、いや家の内部である。寄り添ってくれるのは家族ではないかと疑問を呈す向きもあろうが、ある程度以上にディープな悩みは、やはり自分独りで引き受けざるを得まい。

家が積極的にわたしへ救いの手をもたらしてくれるわけではない。家の中で身を縮めるようにしながら、時間が過ぎていくのを待つ。事実上、何もしない。いや、出来ない。出来ることがあるなら、とっくにそれを実行してからの話だ。黙って家の中に逼塞する。

身を隠しているとき、家がわたしの全世界となる。家の中をそっと歩き回るとき、自分は辺境にいると同時に、世界の中心にもいる。そのダブルミーニングに思い至ると、なぜかわたしを無気力や無関心から遠ざける作用がもたらされる。日常から切り離されてしまったかのような微妙な非現実感に悲しみを覚えるものの、じきに、今こうして行っている必要最小限な振る舞いこそが日常のミニマムを形作っていることに気付き、次第に安心感を取り戻す。家にいることは、わたしにとって孤独感を楽しみ慈しむことに近く（妻と二人暮らしだが、互いに生活時間帯が異なり、寝室もあえて別々にしてある）、自分（たち）が家の中に刻み込んだ秩序のありようが徐々に自分自身を取り戻させてくれる。

イーフー・トゥアンの『空間の経験』（山本浩訳・ちくま学芸文庫1993）には、

別の母親は、コールズに次のように語った。「子供が涙をいっぱい流していて、何か困ったことがある場合には、そのときこそ、できる限り助けてやらなければいけないと思います。そのようなときに子供にやらせる仕事としては、鶏が新しい卵を生んでいるか見に行かせるとか、畑に摘みとってもよいトマトがいくつぐらいなっているか数えさせることが一番でしょう」。

鶏、卵、トマトは農場ではありふれたものである。それらは、食べたり売ったりするために存在しているのであって、美的な対象としてあるのではない。しかしそれらは、ときによっては、健康な美をもっているように見えることもあり、人間の慰めともなる。われわれは、意気消沈した気分のときに水差しや、赤いがまだ固いトマトを見つめたりいじったりしていると、生命の究極的な健全さを思い出して安心するのである。

といった記述がある。つまり追い詰められた心が「我に返る」契機として、日常の断片がまぎれもなく効果を発揮する場合があるというわけだ。取るに足りないささやかな事物が、我々に心のバランスを取り戻す「きっかけ」を与えてくれる。それは詩的マジックとでも呼ぶしかないもので（それが絵画として定着されたものが、たとえばモランディの静物画であったりするだろう）、それが生ずるためには、いったん、我々は家という親密な空間に退却する必要がありそうだ。だからこそ自分にとって気に入った、満足のいく家は深い意味を持つ。そして一度家に退却したとき、わたしはいつの間にか「人生や世界への向き合い方を仕切り直す」作業を無意識のうちに行っている。

②の「夢想の実現に近似した喜びが得られるのではないか」はどうだろうか。

家は、きわめて夢想に近い性質を帯びている。わたしには今でもなお、精神を病んだ人たちの居宅や自室を医師として訪問する機会がある。すると、家のたたずまい、雰囲気、家具の配置や日用品の置かれ具合、乱雑さや逆に異様に片付いた様子、ときには意味の分かりかねる落書きや貼り紙、常識にそぐわぬ品物の存在、当たり前の日常を送るのに必要な品物の欠落、そうした状況が精神の逸脱とシンクロしていると実感する。それはあたかも夢判断のように曖昧な関連性に過ぎないが、家の中の光景と頭蓋の内部の風景とは似通った空気感を孕んでいることは間違いない。

そもそも自分の家を作るということは、その完成した家に棲むことでもある。家の中と自分の頭の中が入れ子構造を成すことを実体験するわけで（この場合の入れ子構造は、50頁で某有名建築家が述べているような宇宙につながる入れ子なんて抽象的な寝言とは次元が異なる)、しかもそれが日常の営みそのものとなる。これは滅多にないスリリングな体験に違いなく、実行してみる価値がありそうだ。

昔から、寝床に入って眠りに落ちるまでの間に、目を閉じた状態でわたしは理想の家を思い描く作業をしばしば行ってきた。理想の家といっても、出掛けた先の町中で見掛けたおかしな建物(たとえば三角形の土地に、敷地いっぱいに建てられた似非洋館ふうの法律事務所とか)、鉄道のトンネルが貫かれた山の中腹にぽつんと建っている民家、いい具合に安っぽい土産物屋、増築を重ねた古い温泉旅館などを、もしも自分の家として改装した場合の内部構造とか、まあそういったことを考える。まったく新しい形の家を作り出すよりは、日常が変形して夢の中に登場するように、実在する建築を自分の欲望に添って変形させるほうが、いかがわしさに似た楽しみが得られる気がしてならないのだ。

次に③、「自己実現としての棲み処が、自己肯定につながるのではないか」について。もし自分の好みや考えをほぼ現実化した建物が完成し、その中で静かに生活を送り、本を読んだり原稿を書くといった行為を実践出来るとしたら、その首尾一貫性は自己肯定につながるだろう。ただしその一貫性に少しでも迷いがあったらアウトで、それは昔のヤンキー諸君が異様な改造車を乗り回し、それが自己肯定に繋がっているのか否かという問題に近い(彼ら田舎のヤンキーは、虚勢で自分を誤魔化しているところに特徴があると思っているので)。
いずれにせよ、自己満足ではなく自己肯定にレベルアップ出来るだけの普遍性を持った棲み処でなければ駄目で、そこがキッチュとの分かれ目であろう。だからわたしは空き缶を煉瓦のように積んで作った家とか、靴や帽子や恐竜や瓢箪の形をした家、城の天守閣を模した家、シュヴァルの宮殿や二笑亭みたいな家を作る気はない。まあ、そんなつもりがなくても作ってしまいかねないところが恐ろしいわけではあるが。

さらに④の「心地よい棲み処が精神的な余裕をもたらしてくれるのではないか」。当然そうに決まっているではないか。ただしわたしの場合、棲み処の心地よさとは蔵書をしっかり収納出来る本棚、程よい狭さの書斎、自分の基準に則ったカッコよさなどが必須となる。家具なども気に入ったものでなければ嫌だし、他人が遊びに来たり打ち合わせに来ても(少しだけ)感心してもらえるような家でなければ面白くない。高校生の頃、澁澤龍彦の書斎を写真で見て、ああこの部屋なら良い作品が書けそうだなと思ったが、そのような豊かさを醸し出す家にしたいわけである。

といった次第で右に挙げた四つの要素が揃えば、わたしの家は自己救済の装置となり得る筈なのであった。

だが難関がある。自分の好みをどう建築家ないしデザイナーに伝えるかということである。ある程度名の通った建築家ないしスタジオに依頼してみるのも興味深いが（リノベーションを請け負ってくれるとして、だが）、既に述べたようにリスクが高すぎる。わたしは現代建築家を基本的に信用していないのだ。

おそらく彼ら現代建築家たちと雑談をしてみれば、楽しく盛り上がることだろう。隠れ家がキーワードになるよねえ、とかソローの『森の生活』に出てくる小屋は胸をときめかせるとか、ジキル博士の住むL字形に曲がった家は面白いとか、広さが二坪程度の極小飲食店みたいなのには好奇心が尽きないとか、建物自体よりも地下室のほうが広い家もいいねとか、そんな話をしているぶんには、すべてを任せたい気になりそうだ。ところが実際に出来上がった家は、絶対にわたしをがっかりさせる。それを喩えてみるなら、わたしはガレージロックが好きで The Devil Dogs のファンであったなどと話し、「ああ、そういうのがお好きなんですね」と応じるので似たような肌触りの音楽を作ってくれるかと期待したら、メロディラインはそっくりだがストリングスが入ったり何だかＢＧＭみたいなものを「いかがですか」と得意げに聞かされるような、そんな不快感に近い。なるほどこのほうが音楽偏差値は高そうだし手間も掛かっている（それを作家性と称するのだろう）。だがこんな腑抜けなものでは、ガレージロックの荒々しさなど微塵も感じられないではないか。魅力が完全に揮発してしまっている！　そういった不快感である。

わたしは現代建築家の作家性なんてものを求めていない。「そのもの」がいいのであり、作家性によってソフィスケートされた「作品」なんかいらないのである。もしも小屋がいいのだったら、コンクリート製の医院併用住宅の中に「実物の」山小屋を埋め込んでしまう乱暴さのほうに与したい。

理屈ばかりこねたがる現代建築家はまっぴらだ。そんな連中よりは、むしろわたしの好きな雰囲気のカフェとか店舗を手掛けたリノベーション会社に直接頼んだほうが正解だろう。というわけであれこれ調べたら、当方の好みに合致した仕事をしている会社、いや工務店が見つかった。ここなら、大雑把な方向性をしっかりと伝えれば、あとはさほど大きな行き違いは生じないだろう。いささか気恥ずかしいのであるけれど、わたしが設計担当の人（テイストは違うが、西荻のブックカフェ・松庵文庫なども手掛けている女性）に伝えたのは、

ブルックリンの古い印刷工場を改装して住んでいる辛辣なコラムニストの棲み処

というのを基本イメージにしてくれ、ということであった。

読者諸氏は、おそらく小馬鹿にした笑いを口元に浮かべているのではないかと思う。しかしこれが本音であり、一流の現代建築家を否定しつつもある種のスノッブさを丸出しに

した家にわたしは住みたいのである。

インテリアスタイルとしては、いわゆるインダストリアルと呼ばれるカテゴリーだろう。年期の入った工場や倉庫の内部を彷彿とさせるような無骨で無機質で古びた印象を目指す。工場の天井からぶら下がっているようなスチール製のランプシェード（ペイントが剝げたり錆が生じている）、黒ずんだ煉瓦の壁、傷だらけのフローリング、しっかりと使い込まれた家具（木材とスチールと革で作られている）は、たとえば椅子の種類がすべて違ったりしても構わない。むしろ計算された「ぞんざいさ」が必要とされる。天井は剝き出しでダクトや配管がすべて見え、ドアノブやスイッチなどの小物もヴィンテージ感たっぷりでなければならない。

俗物の最たるものだろう。妄想のブルックリンであり（実際には武蔵野市、最寄駅は三鷹！）、映画に登場しそうなエッジの効いた家を求めている。ついでに申せば、「辛辣なコラムニスト」としては、俳優・劇作家のサム・シェパードに似た人物を漠然と想定している（もちろんわたしとは似ても似つかぬのが残念だけれど）。

設計担当の彼女は適切に当方の好みを汲んでくれ、基本的な設計を提示してくれた。それを叩き台にして、もちろん妻の現実的な要求も織り込んでプランは進んでいった。その内容は本書において少しずつ語っていくが、もしどんな家が完成したかを読者が予め写真で知っておきたければ、ネットで工務店『ゆくい堂』のホームページを呼び出し、インデックスでFREE STYLEを選ぶ。施工例がずらりと出てくるので、左のいちばん上、104 MITAKAというのをクリックすると、内部の写真およびリノベーション前後の設計図を見ることが出来る。ただし家具を入れる前の写真で、また寝室や書斎の本棚などは写されていない。

実際に工事がスタートしてからは、三ヵ月で完成した。早いものである。手抜きというわけではない。マンションの内部を作り替えるだけだから、三ヵ月は長いほうだと言われた。

趣味が良い・悪いの評価はともかくとして、リノベーションを終えた拙宅を訪れたヒトは大概、驚く。まあ、そうだろう。ありふれた古いマンションのドアを開けたらそこがブルックリン（！）なのだから。家具を入れる前は、宅配便の人は「ここ、何かの店にするんですか」と尋ねたものである。意表を突いていることは確かである。やり過ぎと言えるかどうかは微妙なところだろう。当方としては、ぎりぎりで踏みとどまっているつもりだが。

この章の最初のほうで、「バー・大樽」のマスターはひょっとして「やり過ぎ」を悔やんでいたのではないかと子どもながらに勝手に想像したという話を書いた。そのマスターみたいにはなりたくないと思っていたので、そうした気持ちがある種の分別として作用したのかもしれない。

でもこんなふうに自宅を大変身させることには、個人的には重要な意味があった。わたしはタワーマンションみたいな存在に込められたセンスというか世界観を憎悪している。その気取った通俗さというか退屈さというか、いかにも「そこそこ人生上手くいってます」感が気にくわない。実に気にくわない。タワーマンションの最上階に近いあたりに住んでいる人間に、いつも「してやられ」たり威張られているかのような被害的な気持ちがある。しかもわたしの両親には、おそらく、いや絶対にタワーマンションを選びそうな傾向がある。

なぜか親の価値観を、還暦を過ぎた今になってもなお振り切れない。ある程度以上に大きな判断する場合、無意識のうちに親だったらどうするだろうと考える。彼らが「否」とするであろう事物には、わたしが気付かなくてもどこかに間違った要素があるに違いないと信じたくなる。それゆえに、親（ことに母親）の呪縛から逃れられない気分にいつも付きまとわれてきた。でも、もう沢山だ。それに父も母も他界してしまった。ここはひとつ我が人生最大の買い物において、呪縛を払いのける作業が必要ではないのか。母が顔をしかめるか、やや皮肉なトーンを込めつつ「あら、素敵じゃない。ここに住むの、ふうん」と言いそうな住居でなければ意味がない。しかもそれを、親が住んでいたマンションをリノベーションすることでわざわざ「上書き」して住む——そのような儀式が自分には必要であったのだ。

持って回ったわざとらしい振る舞いである。しかしこのプランは、たまたまいくつかの条件が重なって思い付いたものであり、あとで考えてみたら今述べたような意味づけに気付いたという次第なのであった。


再び話を小学生の頃に戻す。わたしは独りで電車通学をしていたのであるが、私立の学校と駅を結ぶ細い道の途中に、キリスト教の教会があった。まだ建設途中で、完成すればそれなりに大きくて立派になりそうな教会であった。

気になるのでそっと敷地に入り込んで眺めたりしているうちに、そこの牧師（神父だったかもしれないが）と顔見知りになった。案外と若くて痩せた白人で、牧師なのにジーンズとTシャツ姿なのが意外だった。日本語が堪能で、半ズボンの幼いわたしにも丁寧に接してくれた。

彼によると、たった一人でその教会を作っているのだった。基礎工事から始めて、もう何年も掛かっている。これからも長い年月が必要だろう。コンクリート用の砂利だの運搬に使う一輪車、板材や角材などが敷地のあちこちに置かれている。ここまで彼一人で作り上げただけでも、大変なことと思われた。毎日黙々と、少しずつ少しずつ建設を進めているのだろう。同時に、どこか別な場所で牧師としての仕事もまっとうしているのかもしれなかった。

どんな会話を交わしたのかはほとんど覚えていない。なぜ一人ぼっちで教会を建てようなんて気になったのか、信徒は手伝ってくれるのか、寂しくないのか、大工の腕はどこで身に着けたのか、日本語はどこで学んだのか、あなたにとって異国の地に（おそらく）半生を費やして教会を建てるという人生に悔いはないのか、死ぬときは祖国へ戻りたいのかそれともここに埋められたいのか、伴侶はいないのか、家族はどんな感想を洩らしていたのか——そんな疑問の答を何も覚えていないのだから、肝心な質問をわたしはしなかったのだろう。

時代的なことを考慮すると、終戦時に来日した牧師がそのまま日本に居着き、布教に生涯を捧げようと思い立った可能性はありそうだ。

建築中の様子を見る限り、教会としては「まとも」なデザインであった。奇抜だったり妄想が混ざり込んでいそうな気配はなかった。パラノイア的な衝動に突き動かされて建設しているというよりは、自分の信仰心の深さを証明するために努力しているようなストイックさが感じられた。

結局あの牧師とはいつも立ち話で、入信を誘われたこともないし、たとえばクリスマスカードを渡されたりするようなこともなかった。わたしは彼に興味があるいっぽうで、しっかりと変人のカテゴリーに彼を分類していたようだ。今になってみれば、彼があんなことを延々としているのには相応の屈託があった筈で、しかし当時のわたしにはそこまで考えは及ばなかった。

彼がたった一人で立派な教会を作り上げようとするその企みは、布教を通じて多くの人の魂を救いたいといったモチベーションもあったろうが、やはり自己救済としての教会建設といった要素が大きかったのではないだろうか。自己救済のために親の中古マンションをリノベーションする息子もいれば、自己救済のために異国で教会を独力で作り上げようとする青年もいるというわけである。

あの牧師はたぶんまだ存命だろう。教会は完成したのか。満ち足りて納得のいく生活を送っているのか。そのあたりも含めてじっくりと話を聴いてみたい気がする。

第三章

薄暗さの誘惑と記憶の断片

設計担当の女性に手渡した「ぜひ実現してもらいたいこと」リストの項目のひとつは、内部が薄暗い家にして欲しい、やたらと明るい家は御免だという要望であった。

わたしたちの脳は、頭蓋骨に覆われた闇の中で髄液にゆらゆらと浮かんでいる。その脳が鮮やかな記憶を保存し、想像力を働かせ、希望や救いを見出したり途方もない思考を巡らせたりする。愛を実感したり、長い長い文章を案出したりもする。そして今、自分が住むべき家の内側は、頭蓋骨に囲まれた闇に通底するような薄暗さが必要ではないのか。わたしは家に引きこもって脳そのものと化し、ひっそりと思い出と戯れたり奇想を展開するような人生を送りたいのである。ひと昔前は、胎内回帰なんて言葉で何でも説明したがる愚かな評論家がいたものだが、わたしは羊水でなく髄液に浸りたいのだ。

この章では、薄暗さが漂う記憶の断片を寄せ集めてみることで当方の「薄暗さへの憧憬」を正当化するのを目的とする。何だか蟬の幼虫にでもなった気分だな。

新築マンションの広告などを見ると、謳い文句として、採光が良く光に溢れた室内みたいな言い回しが目立つ。ふうん、家の中が真昼の原っぱみたいに明るいのは喜ばしい状態なのか。ひょっとしたら光に満ちた家と「明るく楽しい我が家」「笑顔の絶えない家庭」とを混同しているのではないだろうか。薄暗い、仄暗い状態を陰気とか貧乏臭いといったイメージにつなげているのではないのか。

オフィスとかデパートの無神経な明るさ、隅々まで光の届いた「作り笑い」のように人工的な空間は脱力感を喚起する。均質で鈍感で脳天気な場所は、人から意欲も閃きも奪う。大きな窓やガラス戸から屋外の光が遠慮なく押し入ってくるような室内は、「けじめ」がなくて不安になる。

作家の小島信夫は、第一回の東京オリンピックが開催される直前の時期に、一軒家を建てた。名のある現代建築家に、当時としてはかなり先鋭的な住宅を設計してもらったのである。そうした消息はたとえば長篇『うるわしき日々』（讀賣新聞1996年九月十一日～97年四月九日の朝刊に連載）にあれこれと述べられており、「彼の家は建ったばかりで、彼はその家が自慢でないこともなかった。少なくとも見せるに値すると思っていた」とあるように、新築の我が家にそれなりの誇らしさを抱いていた。だがそんな誇らしさもすぐに苦々しさに変わる。

主人公（小島）はこの新築の家で結婚披露をしたのだけれど（昭和三十九年六月二十三日午後）、そのとき、彼は暑過ぎる室内について客に言い訳めいたことを長々と語っている。その一部分を引用してみよう。

……それでは窓をあけたらいいではないか、さきほどから二、三の人からいわれているのですが、このガラス窓はあかないように出来ています。ガラス窓はこのリビング・ルームの八割方をとりまいているので、一挙にガラスを壊してしまわない限りどうしようもないのです。このガラスは、ハメ殺しになっています。
ガラスは厚いのが二重になっています。一部曇っていますが、工事をしているときに汚したのが、そのまま残りました。一枚目のガラスの内側の方に汚れがついているのです。
皆さんのいるこの部屋の天井の上は、そのままベランダになっていますから、次第に温度は上がります。西日はいよいよ強くなりますが、いかんとも仕方がありません。妻はこの家のことを、今日はじめて身にしみたと思います。私はこれから努力します。

光はあふれているものの、熱を帯びた外光は暴力そのものとなって内部を脅かしている。とんでもないリビング・ルームではないか。

十年以上経ってから、主人公は建築家から手紙を受け取る。既に家の不具合を小説に書いていたので、それを読んで建築家は罪悪感を覚えたらしかった。手紙の最後の部分を引用してみよう（本当にこのような手紙が実在したのかどうかは、小説ゆえに分からない。

ただし建築家の名前はその気になれば調べがつくから、そうなるとさすがに出鱈目な手紙をでっち上げている可能性は低そうだ）。

いずれにしても、私は銀座の事務所をしばらく前にたたみました。その前に私は、はじめて自分の家を建てました。私の家は一見すると、従来の、ごく普通の家に近い、といわれても、否定する気はありません。

「お前は他人の家を実験の道具にしたが、その結果、自宅はそういう家を建てるとは何ごとであるか」

という人もあります。

私はこれについて答えるのが困難です。ただ、私は、お詫びいたします。

お詫びなんかされても今さら遅かろうに。恥知らずとはこういった輩であろう。このような建築家は、全面がガラスで出来た温室のような家（水晶宮とでも名付ければよかろう）を繁華街の道路沿いに建てて、そこでプライバシーがゼロの暮らしでもしてもらいたいものである。

二十年近く前になるだろうか。上野駅に近い場所に住む老夫婦を訪ねて行ったことがあった。夫が認知症（当時はまだ痴呆と称していた）になったとのことで、往診に出向いたのである。

灰色の雲が低く垂れ込め、しとしとと雨の降る寒い日であった。

上野小学校や龍谷寺、区役所などのあるいわゆる東上野に近いエリアだったと記憶している。民家や小さな商店や卸問屋、冴えない貸しビルなどがごちゃごちゃと建ち並び、おしなべて生彩がない。昭和の空気が澱んでいる。どこか投げやりな雰囲気が辺りを支配している。しかも小雨が降っているので、番地を頼りに家を探しているあいだに、すっかり気が滅入ってくるのだった。

クリーム色がくすんだような二階建ての古びたビルがあり、狭い道路に面した一階は倉庫として事務用品を扱う会社に貸し出していた。敷地が四角ではなく、建物も不規則な形をしているらしい。

二階が住居になっていた。疲れ果てた顔をして痩せた老婦人が、出迎えてくれる。結構上品で、着ている服も新しくはないが洒落ている。もっとも家の中はどこか荒廃していて、空き箱を積んだのとか新聞の束などが目に着く。時代遅れのステレオ電蓄があったり、色褪せたカラー写真が額装して飾られ、エッフェル塔を背景に壮年の頃の夫婦が写っている。墨痕鮮やかに「啐啄同時」などと書かれた色紙も何枚か飾ってある。そういえば表面がすっかり曇ったトロフィーがいくつかあり、いずれも柔道大会での優勝で得たものだった。夫はもと教育者で、柔道を通じて教育の実践をしていたという。

窓の外はよそのビルの壁が迫っているうえに雨も降っているから日没のように暗く、しかも天井の明かりは濁ったように薄暗い。子どもの頃に高熱を出して、そんなときに居間の明かりがこんな具合に濁って見えたなと思い出した。

認知症の夫は、部屋の隅に置かれた安楽椅子にぐったりと腰掛けている。半分眠ったような状態で、しかし夜が更けると目を見開き、自分は監禁されているなどと呟きながら家の中を徘徊するという。わたしは大きな声で彼に話し掛けて問診をしたりテストを行い、入院の方向で話をまとめるべく婦人と相談をした。

夫の処遇が決まって、よほど老婦人は安堵したのだろう。無理はない。いくら衰えたとはいえ柔道で優勝したこともある夫が夜中に不穏状態になっても、彼女が一人でどうにか対処しなければならなかったのだから。妙に彼女は饒舌となり、若い時分から亭主関白の夫に散々苦労させられた話をあれこれと語り始めた。その延長で、老婦人は「この家には、奥にびっくりするようなものがございますのよ」と言い出した。

びっくりするもの？　わたしが戸惑っていると、

「ごらんになります？」

と少しばかり悪戯っぽい口調で言い、婦人は自分が先になって闇に沈んだ廊下の向こうへ当方を導いた。引き戸がある。その引き戸を一気に開け、蛍光灯のスイッチを点した。

青白い光が頭上で瞬き、室内の様子が鮮明に浮かび上がる。

わたしは息を呑んだ。こちらの想像力を遥かに上回る——それほどに大きな（そして空っぽの）部屋が広がっていた。何一つ置かれていない。まったくの空っぽ。

では何のための部屋か？　柔道の道場である。そんなものが老夫婦の住む個人宅の奥に隠されていた。

五十畳以上はあるという。神棚もしつらえてある。居間や台所といった居住部分は団地並みに「ささやか」なのに、五十畳を超える道場が隣接しているというバランスの悪さには、絶句するしかない。

長い間閉め切っていた部屋特有の埃臭さが充満していた。と同時に、蛍光灯で煌々と照らし出された畳の表面の緑色がいやに鮮やかで、さながら足下から冷たい光が放たれているようなのだ。薄暗い家だと思っていたら奥にとんでもなく広い部屋が柔道の道場として控えていて、そこにはグリーン系の光が溢れているわけである。いささか突飛な表現に聞こえるかもしれないけれど、「浄土」という単語が脳裏に浮かんだ。透明な死者たちが踊り明かしていても、ちっとも不思議でなさそうに感じられたから。それほどに日常性を越えた（虚ろな）空間の前にわたしは立っていた。

夫はビルを建てるときに、柔道場を作って後輩に練習場所を提供したり近所の子どもを相手に柔道教室を開こうと考えていたらしい（その当時は結構裕福で、だが現在では経済状態はかなり逼迫しているようだった）。でも完成直前に病を得て手術を受け、その後はすっかり体調を崩し、柔道どころではなくなった。元気になったら柔道場を活用しようとあえて部屋は封印しておいたが、やがて体力のみならず視力や聴力も著しく低下し、そのうち認知症の症状が顕在化してきたというわけなのであった。柔道場は、もはや「開かずの間」扱いになっていた。もっとも、ときおり妻は掃除をしていたが、ここ二年は身体が「しんどい」ので放置したままだという。どうせ徘徊するのならこの部屋の中をぐるぐる歩き回ってくれればいいのに、夫は決して道場に足を踏み入れようとしなかったと婦人は溜め息混じりに語るのだった。

往診が終わり、予想外に大きくしかも奇妙なビルを後にして歩を進めながら、わたしは眩暈がするような感覚に囚われていた。振り返ってみると、雨の降る暗さの中でビルは廃墟のように見える。二階の窓の幾つかから、濁った橙色の明りが漏れて滲んでいる。居住エリアの薄暗さが、なぜか懐かしさを伴って思い出された。あの緑の光が充満した柔道場から「浄土」という単語を連想したのが、あらためて思い返してもちっとも奇異には感じられなかった。

家に帰ったら、疲れ果てていた。あの日の晩、わたしはどんな夢をベッドで見たのだろう。もちろんそんなことは覚えていないが、妙に馴れ馴れしいトーンの夢だったような気がする。

中学二年のときに、杉並から新宿の公団住宅へ引越しをした。いまさら転校するのも厄介なので、そのまま通学することにした。家が早稲田大学の理工学部の近くにあり、そこから新宿駅までは明治通りを走るトロリーバス（102系統）を利用した。あとは中央線と徒歩である。

トロリーバスは、路面電車とバスの混血といえよう。架線から二本のポールを通じて電気を取り込む。車体はバスそのもので、動力は電気モーター、ゴムタイヤだから線路はいらない。どことなく中途半端で不完全な乗り物だった。実際、数年後の昭和四十三年（1968）にトロリーバスは廃止されてしまう。

違和感のひとつは、自動車に見えるくせに無軌条電車として分類されていたため、バンパーはあるのにナンバープレートが装着されていなかったことだろう。そのためにリアルさが薄れ、原寸大の模型みたいな印象があった。しかもボディーの色は緑とクリームのツートン・カラーで、その色加減が全体として褪せたような儚さを漂わせていた。

残されている写真をネットで検索してみると、当時のバスとしてことさら窓が小さかったわけではない。もっとも決して大きくはなく、そのためなのだろうか、わたしの記憶ではトロリーバスの中は意外なほど暗かった。ポールを操作するための助手を兼ねた車掌（男性）が乗っていて、切符を切ってくれる。乗車口から内部へ入るとき、薄暗さに踏み込んでいく気分がなぜか映画館に入っていくときに似ているようで、毎回のようにわくわくした。電気仕掛けのくせに、加速はスムーズだが減速がぎくしゃくする。まことに乗り心地の悪いバスであった。天井には三箇所くらい、開閉式の小さく四角い穴が開いている。換気のためだろうか。葉書一枚くらいの穴を通して、架線の一部や青空の断片が見え、それが車内の薄暗さと不思議にマッチしていた。

ちょうど年齢的に、わたしは春機発動期にさしかかっていた。とらえどころのない性的衝動が、形を成すことなく四肢の隅々にまで浸透しつつあった。トロリーバスに乗るときに「映画館に入るときみたいだ」などと無邪気なことを思ういっぽう、もどかしさと苛立ちと切なさで頭がおかしくなりそうな瞬間がたびたび訪れた。その時期はちょうど映画『007サンダーボール作戦』の公開と重なり、わたしは布団にうつ伏せになったままボンドガールであったクローディーヌ・オージェのビキニ姿（銛を持った彼女を、下から見上げたアングル）を雑誌のグラビアで見ているうちに精通を迎えた。

そんな頃、わたしの母親は大変な局面を迎えていた。もっとも、事件の全体像を知ったのは四半世紀も経ってからのことであるが。

中学校から電車とトロリーバスを使って帰宅し、テレビを見ながら夕食を終え、寝転んで『SFマガジン』読んでいたら玄関のチャイムが鳴った。父は仕事でまだ帰宅していない。こんな時間に誰だろうかと思ったら、いやに白っぽい化粧をした初老の婦人と、ダブルの背広を着て何だか偉そうな物腰のこれまた初老の男性であった。夫婦といった感じではない。母はかなり硬い表情で二人をリビングに通し、ドアを閉めてしまった。わたしは再び寝転び、地球人そっくりの姿で都市生活に紛れ込んでいる邪悪な火星人の物語を読んでいた。

一時間くらいで二人の来訪者は帰っていった。テーブルに出された二つの湯飲みに入った茶は、まったく手がつけられていなかった。母は流しに茶を捨てると、湯飲みのひとつをシンクに伏せて置き、それを目掛けてもうひとつの湯飲みを力まかせに叩きつけた。粉々になるかと思ったら、伏せてあったほうは真っ二つに割れ、もうひとつは齧り取ったように側面が欠けた。

あまりに唐突で暴力的だった。ときおりウイスキーと眠剤(ブロバリン)で呂律が回らない状態でトランプの独り遊びをしながらわたしに「からんだり」する母ゆえ、湯飲みを叩き割るのにはちっとも驚かない。彼女が来訪者たちにものすごく腹を立てているらしいことが窺えたので、そのことにわたしはうろたえたのだった。いったいあの二人は何者だったのだろうか。

後日知ったことから推測すると、ダブルの背広を着た男は弁護士であった。白塗りの女性はある男(Xとしておこう)の母親であった。Xが犯した犯罪について示談を申し入れに来たのであった。

ではXの犯罪とは何だったのか。

母をレイプしようとしたのである。まだ二十代前半のXはガス会社の社員だった。ガス器具の点検だか検針で我が家を訪れた。ウィークデイの昼間だから、居たのは母だけである。仕事中に、いきなりXは母に欲情したらしい。彼女の服を破り、強引に押し倒そうとした。迫ってきたXを、とりあえず母は説き伏せてダイニングの椅子に座らせた。びっくりするほど肝の据わった声で説得したらしい。コップにコーラを注いで飲ませ、Xを落ち着かせた。時間稼ぎの意味もあった。事実、しばらくすると上手い具合に近所の主婦が訪ねてきた（この主婦は、母の服が破れていることに気付いたが、暴漢によってとは思わなかった）。Xは恨めしそうに立ち去った。

これはかなり恐ろしい体験だっただろう。弾みで殺されることだってあり得る。ガス会社の男が豹変するなんて、日活ロマンポルノにでも出てきそうなシチュエーションではないか。そんな事件をもちろん中学生の息子に話す筈がない。では父には話したのだろうか。性格的に、少なくとも当初は黙っていた気がする。

Xはもう一度、白昼の我が家を訪れた。そのときには、ちょうど来客中であった。凄まじい目つきで睨み付けながら、「今度こそ、覚えておけよ」と押し殺した声で母に捨て台詞を残して帰っていった。彼は、まさか母が通報なんかするわけがないと勝手に信じていたらしい。

さらにもう一度、性欲で理性を失っているXは訪ねてきた。ドアの覗き穴からあの男だと分かったので、母は居留守を使った。でもこれではわたしか父が帰ってくるまでもはやドアは開けられない。しかもこんな調子では、目的を達成するまでXは延々とやってくることだろう。ひたすら執拗に。

おそらく三回目の時点で母は腹を括ったに違いない。彼女は警察に訴えたばかりか、告訴をしたのである。Xの母と弁護士が訪ねてきたのは、警察にXが拘留された後に、示談で済ませて欲しいと交渉に来たわけであった。まだ若くて将来がある身だから、なにとぞ穏便にと言いに来たのであろう。そして母は断った。きっちりと罪の代償を受けてもらうつもりです、と。

どの時点で父が事件について知らされたのかは分からない。だが告訴に関わる諸々は、わたしの母が孤軍奮闘したのであった。もちろんそんなことにわたしは気付いていなかった。中学生の頭の中は性的妄想とSFとがごちゃごちゃに混ざっていた。

裁判に、父は傍聴に行ったらしい。かなり後になって父から聞いた話では、弁護士が、母がXを誘惑したといったストーリーに持ち込もうとしたらしい。最初に襲われかけた際に母がXへコーラを供したことを持ち出し、これは合意ないし誘惑を意味していたのではないか、と問いかけた。すると母は鼻で笑ってから、「あれは指紋を取っておこうと考えたからです」と答え、すると法廷内が「どよめいた」という。なるほど翻訳ミステリの好きな彼女だったから、それくらいの知恵は働かせそうな気がする。それにしても失礼というかムカつく弁護士だな。

結局、Xは有罪になった。驚いたことに懲役で二年くらいになったらしい。事実はわたしが知った内容よりももっと複雑で暴力的だったからかもしれない。そのときの検事は、数年後、弁護士を開業してから家に訪ねてきたことがある。よほど印象深い原告だったのであろう、わたしの母は。

意地悪な目で見られることもあっただろう。ほぼ一人で性犯罪者を刑務所送りにするためには、途方もないエネルギーが必要だったに違いない。大変な孤独感も伴っていただろう。わたしは母を誇りに思うし、切なさで胸がいっぱいになる。彼女をナメて掛かったXは更正なんかしなくていいから徹底的に不幸な目に遭えばよろしいと考える。オレの母親をレイプしようなんて、死刑にならなかっただけ幸せに思え、糞野郎！

父は、さぞや居心地が悪かっただろう。水面下で便宜を図った可能性は濃厚だけれど。母に頭が上がらなかったのではないだろうか。いっぽうわたしは、家の中で得体の知れない何かが進行しているような気配を薄々感じてはいたものの、それよりはクローディーヌ・オージェの裸に心を奪われていたのだった（まったくあの当時は、ウイスキーと睡眠薬で母はときおり呼吸が止まっていたし、そのせいで激しい不安にわたしは囚われていた。そのくせ、性欲だのSFだのを不安と共存させて案外普通に生活していた自分が不思議に思える）。今になってそんな顚末を思い起こしてみると、生々しい出来事であったにもかかわらず、すべては二本のポールを突き立てたトロリーバスの中の薄暗さに溶け込んでしまっているみたいな感覚に陥る。

刑事裁判だから記録は残っている筈で、その気になれば閲覧は可能ではないだろうか。興味はあるが、今さら気が重いのもまた事実である。

もっと時間を遡って、小学生の頃の話も書き留めておきたい。もちろん薄暗さに関わるエピソードである。

ある晩、父と遊園地に行った。葉桜の季節だったと思う。どうしてわざわざ夜に行ったのかが分からない。おそらく後楽園遊園地だった筈で、わたしを連れて夕方に何やら不愉快きわまりない用事を済ませた父が、たまたま近くを通り掛かって気紛れを起こしたのだろう。ジェットコースターや観覧車には乗らなかった。遊園地の敷地の端に、どことなく地味な建物があった。絵看板もない。愛想のない施設とでも表現すべきだろうか。ひょっとしたら、ニュース映画でも上映しているのかと思った。

入場券を買って建物の中に入ると、まことに素っ気ないロビーである。ドアがあってそこを通り抜け、ますます素っ気ない部屋に入った。床が直径十メートルくらいの円形で、何も置かれていない空っぽの部屋である（どうもわたしは空っぽの部屋に関心が向きがちのようである)。のっぺりした壁が弧を描き、部屋全体が茶筒のような円筒形をしている。壁はつるつるで肌色とクリーム色との中間みたいな色に塗られていた。床は黒っぽいリノリウムだ。戸惑っていると、次々に人が入ってきて、全員が壁にぴったり背をつけて立つ。壁がぐるりと横並びの人たちでいっぱいになったらドアが閉められた。

中にいる人数は、大人も子どもも含めてせいぜい二十名くらいだろう。みんな、殆ど喋らない。おまけに薄暗く、いささか陰気なのである。とてもじゃないが遊園地のアトラクションとは信じられない。華やかさがないのだ。全員が緊張している。互いに手をつないでいるわけではないが、円周に添って足も手も少しだけ広げ、壁に背を密着させるようにして皆じっと立っている。

やがて何の予告もなく、ゆっくりと部屋全体が回転を始めた。メリーゴーラウンドとは違い、どこか不安になるような回転である。次第に回転速度が上がってくる。

かなり回転が速くなり目が回りかけてきたら、急に床がするすると沈んでいった。だがわたしたちは遠心力で壁にへばりついているので、床が足下から消えても落ちない。いわば浮き上がった状態で回転している。

それだけなのだった。床が沈んでいくとき、あちこちから「おー」と声が上がった。喜んだり驚いている声ではない、むしろ事故にでも遭遇したときのような困惑した声だ。室内の全員が、床から浮かんだまま遠心力でぐるぐる回転している。向かい側にへばりついているアベックがいて、互いに首を捻って見つめ合っていた。その隣には両親と息子と娘が、さながら蠅取り紙に捕獲されたハエみたいに壁にくっついている。息子（わたしと同じ年頃）はおどけて片足を妙な具合に持ち上げたまま回転している。

薄暗い円筒形の部屋の中で、どことなく神妙な顔をしたまま全員がぐるぐる高速で回っているのである。それ以上でも以下でもない。何という間抜けな光景か。ただそれだけのまことに芸のないアトラクションで（名前を付けるとしたら、回転式ビックリハウスとなろうか）、やがて床がせり上がってきて、同時に壁の回転もゆっくりとなり、それで終了となった。アナウンスもない。自分は今いったいどんな体験をしたのだろうかと誰かにひそひそ声で確認してみたくなるような気分であった。

ではこのアトラクションはつまらなかったのか。いや、決してそんなことはなかった。父と隣り合いながら薄暗い中で、遙か下方に後退した床を見下ろしながら遠心力に押さえつけられている気分には、至福のものがあった。なぜ至福なのか自分でも判然としないのだけれど、とにかくこのままの状態が永遠に続けばいいのにと思った。遊園地のごちゃごちゃした賑わいの真っただ中にいるにもかかわらず、ひどく無機質かつミニマルな空間で非日常的な体験を（スーツにネクタイの父と一緒に）しているというそのギャップが、秘密めいたスリルを招来していたからだろうか。

円筒形の部屋が魔術によって封印され、本当に果てしなく永遠に回転を続けたらどうなるのか。水も食糧もないまま、やがてわたしも父もそして偶然に一緒になった他の人々も命が尽きてしまう。全員が死ぬ。それでおもなお回転は延々と続き、死体は腐り、遂には骸骨になってしまうだろう。骨格標本みたいな骸骨と化したまま、全員が遠心力で壁に貼り付けられて床から浮遊している。薄暗い中で、骨の白さは際立つことだろう。肋骨の間隙を空気が通り抜けて管楽器みたいに不可思議な効果音が生ずるだろうし、歯を剥き出した父やわたしの髑髏は、仄暗さを気に入って笑っているように見えるだろう。そんな光景はグロテスクであると同時に、どこかユーモラスであるかもしれない。

遠心力の部屋で白骨と化す自分を想像すると、死を越えた甘美さを感じるのである。そしてそんなときには、わたしの隣にいるのは父でなければならない。母だと、とたんに生々しく感じられてしまう。心の中でわたしは、父と永劫に回転を続け、いずれ骨も崩れ去り、遂には壁を覆う白っぽい塵となってしまうのだろう。わくわくしてくる。

父と一緒だったときの話をしていると、死の香りが濃厚になってくるのはなぜなのだろう。こんなエピソードも、ありありと思い出す。

所沢に住んでいたとき、近所にサーカスが来た。大きなテントを張り、宣伝も派手に行っていた。子どもであったわたしは何となく外国のサーカスを念頭に父と出掛けたのだったが、テントの中は暗く湿った感じで（足下は黒い地面が剥き出しになっていたから、なおさらである)、むしろ見せ物小屋に近い陰惨な印象があった。ぴっちりとした肉襦袢を着た団員たちはいかにも背が低くて農耕民族の体型をしていたし、近くで見ると皺の目立つ人たちが多かった。おまけに男までもが真っ白に化粧をしているのが悪趣味だった。微妙な猥褻さと「いかがわしさ」を、子どもでも感じずにはいられなかった。獣の糞便の臭いがうっすらと漂っていたことも、ますますダークで野卑な雰囲気を高めていた。

空中ブランコとオートバイの曲乗りしか記憶に残っていない。ピエロは登場しなかった気がする。テントの中から見上げてもてっぺんは闇になっていて、そんな暗い空間を行き交う空中ブランコは、華やかというよりも胡散臭い演し物にしか見えなかった。

恐ろしかったのはオートバイの曲乗りで、真っ黒な地面の上に直径三メートルくらいの球が据えられていた。その球は鉄パイプと鉄の網で組み立てられており、だから内部は透けて見えるように作られていた。球の中にはオートバイに跨った男が閉じ込められており、彼は競馬の騎手のような「どぎつい」色の服装をしていた。エンジンは既に始動しており、攻撃的な爆音がテント内を圧している。司会が口上を述べたが、それも爆音にかき消されて聞き取れない。

次第にエンジン音のピッチが高まり、やがて何の合図もないままオートバイは走り始めた。綱を解き放たれた猛獣のようだった。球の内壁を一気に登り詰め、上下逆さまになったかと思うと次の瞬間には斜めに走り降り、またしても内壁を登っていく。オートバイのサイズからすれば、直径三メートルの球は狭過ぎる。登ったり降りたり、あまりにも目まぐるしくオートバイは走り回る。部屋に閉じ込められたカナブンがパニックを起こしてデタラメに室内を猛烈な勢いで飛び回り、壁に衝突してもひるむことなく狂ったように突進飛行していく――そんな調子であった。もはや上も下も関係なく、無茶苦茶にオートバイは走り続ける。排気管から吐き出された白い煙だけが、球を形作る網の目からゆっくりと漂い出てそれがなおさら尋常ならざる事態を強調する。爆音が高くなったり低くなったり、それがダイレクトに不安感を高める。

もうやめて欲しかった。あのオートバイ乗りは気が狂っているとしか思えない。あんな危険なことをいつまでやっているつもりなのか。悲劇が起きてしまうじゃないか。いたたまれない気分に完全に押し潰されそうになったとき、いきなり静寂が訪れた。エンジンが止まり、オートバイは球の底に貼り付いたように鎮座していた。ハンドルを握った男は、両腕を突っ張り首だけをこちらに回し、視線をまっすぐわたしに向けているように見えた。でも何の感情も伝わってこなかった。

オートバイの曲乗りはまさにホラーであった。薄暗く閉塞したテント内での出来事だったので、余計にインパクトは強かった。もう沢山だった。

数日後の晩、新聞を読んでいた父がわたしに語り掛けてきた。あのオートバイの曲乗りで事故が起き、ハンドルを握っていた男は死亡したという（この話はもちろん実話である。本気になって調べてみれば、当該の記事が見つかる筈である）。そんな情報を、明日の天気でも伝える調子で父は口にした。

ああ、やはり起こるべき出来事が起こった。あらためて恐ろしく思うと同時に、あの男はもうあんな狂気の沙汰を狭苦しい球の内部で遂行する必要はないという事実に、しみじみと安心感を覚えた。むしろ祝福すべきニュースだとわたしは思ったのだ。他人の死を「よかった」と感じたのは、後にも先にもあのときだけである。

昭和三十三年（1958）四月十九日（土）の昼過ぎに、日本全土で日蝕が起きた。多くの人はなぜか皆既日食であったと錯覚しているが、たとえば東京では太陽の約90パーセントが欠けるに留まり、屋久島や八丈島などの島嶼部のみで金環食が観察されたのだった。誰もが日蝕にひどく興奮し、まだテレビが普及する前だったのでNHKラジオ第一放送やラジオ東京によって島から中継放送が行われたという。

太陽が欠けたのが九割であっても、やはり非常に印象深い出来事であった。作家の永井龍男は鎌倉の自宅でこの天体ショーを体験し、それを実況中継のように俳句で書き取った。そのときの作品が、『文藝春秋』の昭和三十三年六月号の巻頭随筆欄に掲載されている。句に先立って、「……太陽が欠けはじめ、やがて天地は晦冥となり、地球の滅亡を感じさせるような、原始的な恐怖に襲われたのをまざまざと思い出す。／ふたたび明るみへ出るまでに、どれほどの時間を要したものか、その間の庭前の風景を懸命に描写したのが、七句の形になって残った」と前書きにある。

日蝕す青葉の毒が地を浸し
日蝕す青芝すべて毒を蒸す
昏き家と青芝にあるゴルフ球
金環食極まれり白蝶舞ひ縮む
魚棲まぬ水底のごと青葉せり
白晝の星告ぐるかに殘る花
花屑や水鉢の圓池の圓

白昼の見慣れた光景が、さながらネガフィルムのように陰陽が反転してしまった――そのような驚きが手際よく表現されている。こんな調子で咄嗟に俳句を詠めるものなのか、と感心してしまう。まあ火事になった自宅が燃え尽きるまでの様子を次々に俳句で詠んでいった俳人もいたから（皆吉司）、さほど感心する必要はないのかもしれないが。

さて小学校低学年のわたしも、この日蝕に遭遇したのであった。場所は東久留米にある学校である。

フランクロイド・ライトの弟子であった遠藤新が設計した校舎は（目白にも校舎があって、そちらはライトが設計して明日館と呼ばれている）、洋風の建築ではあったが和風モダニズムといった幾何学的なテイストがあり、いかにも流線型の自動車が似合いそうなカッコ良さがあった。内部は薄暗く、でもその薄暗さは外国の古い建築物のような豊かな暗さに通じていた。

重厚で大きな食堂棟があって、軒が深いために、窓は大きいのに内部はかなり暗い。木とワックスの匂いと料理の匂いが混ざり合い、欧米の小説の世界に入り込んだような気分になる。建物の裏は森になっている。初夏の頃、中の薄暗さと対照的に森の緑がそれこそ目に染みるようで、しかも窓の真下に手漕ぎボートが伏せるようにして置いてあることに気付いたことがあった。青いペイント（いわゆるフレンチブルー）が風化して剝がれている。なぜこんな場所にわざわざボートがあるのか。合点はいかないものの、およそ違和感のない光景であった。

ついでに書いておくと、大学生のとき、母親が購読していた『ミセス』という婦人雑誌の詩歌投稿欄をなぜかわたしは毎号読んでいた。俳句の欄にたしか平野うた子という人の句が載っていて、

嘘の色真っ赤　ボートの裏側も

というのをこうして今でも覚えているわけである。俳句としての評価は分からないが、変に印象深い作品だ。食堂の裏のボートも、赤く塗られていたら別な感慨を覚えたかもしれない。

さて昭和三十三年四月十九日の正午過ぎ、小学生のわたしは食堂の前にぼんやり立っていた。もうすぐ日蝕が起きることは知っていたのだけれど、たぶんその意味合いをまったく理解していなかった。級友の多くは煤を塗りつけたガラス片を持って校庭のあちこちに散らばっていた筈だが、わたしは一人ぼっちのままガラス片も手にしていなかった。三十メートルくらい離れた場所では、数名の上級生が三脚に支えられた天体望遠鏡を据え、接眼レンズからの像を白い板に投影するように工夫し、これから始まる珍しい天体現象の観

察に備えていた。そこまで歩いて行って望遠鏡で捉えた像を一緒に観察させてもらおう、なんてことは考えもしなかった。

やがて何の前触れもなく、日蝕が始まった。建物が地面に落とす影が刻一刻と（相対的に）薄くなり、黒い煙がみるみる広がっていくように視界が暗くなっていく。遠くから、「あーっ」と半分嬉しげなニュアンスの叫び声が聞こえてきた。そのあとは何も聞こえない。世界中が息を潜めているかのように、音が絶たれていた。明らかに気温が低くなってきて、地表が冷たい宇宙空間へ剝き出しになっているような感覚に囚われた。しかし永井が書いたように「地球の滅亡を感じさせるような、原始的な恐怖に襲われた」というほどのものではなかった。暗さのピークにおいては、確かに明暗が反転したかのごとき光景で、きっと自分の顔は「ちびくろサンボ」のように見えているだろうと思った。食堂の裏を覗いてみれば、伏せ置かれた手漕ぎボートは海から引き揚げられたカツオさながら銀色に光っていたのではないだろうか。

数分が経ち、呆気なく日蝕は終わってしまった。ほんの短時間だけれど頭上で黒い空を背景に星々が輝いたというのに、今やすべてが、正常に復していた。四月の土曜日の明るい風景が新たに蘇っている。あちこちから生徒たちが、何となくぐったりした様子でぞろぞろと姿を現した。日常の生活雑音やざわめきも耳に戻っている。わたしは相変わらず一人のまま、向き直って食堂へ足を踏み入れた。明るい戸外から、薄暗い建物の内部へそっと入ったわけである。

その瞬間、

「あ、日蝕がまだ残っている！」

と、直感した。

食堂の中を満たす薄暗さと日蝕で生じた外の暗さ、そのどちらもが暗さという尺度においてはまったく同じ存在であったと気付いた一瞬であった。いやそう説明すべきではない。日蝕で生じたさきほどの暗さそのものが、食堂の内部に、さながら壜の中に封じ込められた黒い煙のように保存されていた……。そんな具体的、即物的な感覚を抱いたのである。そしてその感覚に、わたしは日蝕の真っ最中よりも興奮していた。

ささやかだけれど重要な発見をした気分になっていた。重厚な造りをした食堂の内部の仄暗さを、ついさっき消え去った筈の日蝕の暗さの「切れ端」に他ならないと見抜いたわけだった。それはわたしにとってまぎれもなく「リアル」であり「発見」であった。胸をときめかせる（そして、意気込んでみてもなかなか気付くことの困難な）類似でもあった。そのような発見は現在になって振り返ってみるなら「詩的発見」とでも呼ぶべきであったろう。

わたしは深い満足を覚えていた。そして以後、詩的なものはすべて無意識のうちにあの食堂の薄暗さにつながるような回路がわたしの心の中に出来上がったのだった。

そんな次第で、我が「薄暗さへの憧憬」について明瞭なエピソードで遡行してみるなら、日蝕と食堂の暗さにまつわる詩的発見あたりが最古のものに属しそうだ。その次が回転する円筒形の部屋の思い出で、父とわたしは白骨化したまま壁にへばりついて永遠に回り続ける夢想が薄暗さとともに今も脳内に宿っている。オートバイの曲乗りの件は、恐ろしかったが忘れ去ることが出来ない。さらにトロリーバスの車内の暗さが、裁判所で孤軍奮闘していた母の切なさとともに思い出される。畳が緑色に光っているかのような空っぽの柔道場を背後に秘めたまま、薄暗いビルの二階で暮らしていた老夫婦のありようも「いたたまれない」ような複雑な味わいをもたらし、心を揺さぶってくる。

リノベーションの終わった我が家は、希望通りに仄暗い空間となった。リビングの奥行きが十メートル近くあり、もともとはベランダに出るためのガラス張りの引き戸の内側に、現在ではモザイク・ガラスを嵌めた黒い鉄製の引き戸が重ねられている。夕暮れ時になると、モザイク・ガラスを透して黄色い光が外から弱々しく射し込む。でも部屋の奥に座っていると光はこちらまでは届かず、より薄暗い位置に陣取ったまま室内が闇に沈んでいく様子を眺めることが出来る（そんな時間帯に家に居るのはなかなか難しく、しかも妻が居ると彼女がテレビを点けてしまうので、自分一人で夕刻を堪能出来るのはせいぜい週に一回だが）。

暗さの程度が次第に増していくにつれ、さまざまな記憶や、さらにそこから導かれた別な記憶が浮かび出てくる。小沼丹の短篇小説「煙」（１９８０年、作者62歳のときに発表。『埴輪の馬』講談社文芸文庫１９９９所収）には、

落ち葉が溜ると掃寄せて、落葉の山に火を放つ。白い煙がもくもくと脹れ上って風に流れるのを見ていると、いろいろの顔を想い出す。想い出した顔は、煙と共に消えてしまうが、消えても一向に差支え無い。ちろちろ燃え上がる焔とか、風に流れる煙を前に立っていると、知らない裡に昔も今も区別が附かなくなって、どこにいるのか判らなくなる。みんな、煙と消えてしまう。

といった寂しげな筆致の描写が出てくるけれど、ちょうどそれに似た気分である。おそらく落ち葉が燃えて煙が生じる様子を見るのも、ひと足先に闇に沈んだ室内から黄昏どきの外光を眺めるのも、精神への共通した作用が備わっているに違いない。センチメンタル一歩手前の微妙な作用が。

第四章

痛いところを衝く人たち

精神を病んだ人たちは、たんに治療の対象であるだけではない。わたしにとって彼らは、往々にしてこちらの「痛いところ」を炙り出したり戯画化してみせる装置なのだ。彼らは決して自分と隔たった存在ではない。むしろE・A・ポーの短篇「ウィリアム・ウィルソン」、つまりこちらの欠点を容赦なく指摘してくる精神的なドッペル・ゲンガーに近いところがある。

わたしが親のマンションをリノベーションしてそこに住もうという思い付きを後押ししたのは、おそらく彼ら——すなわち我がウィリアム・ウィルソンたちではないかと思わずにはいられない。そこで彼らについてここに書き記しておこう。

間取りをどうするか、図面を前に工務店と話し合っていた頃だから、季節は晩春だった筈だ。仕事から帰ってきて郵便受けを覗いたら、ダイレクトメールだの請求書だの雑誌だのと混ざって、薄紫色の封筒があった。横長の洋封筒で、宝塚歌劇団を描いた記念切手が貼ってある。

途端に、気が重くなった。中身がどのようなものなのか、見当がついたからだ。仕事先の病院では、診察室で「夏になるまでに俺の自殺死体がどこかで発見されたら、それはお前の責任だからな。覚悟しておけよ！」などと見当外れな捨て台詞を残して帰って行ったパーソナリティー障害の患者に手こずらされたり、とにかく散々な一日だったのである。その挙句、とどめにこの手紙なのかよ、と呟かずにはいられなかった。

差出人はS子である。封を切らずに捨ててしまおうかと思ったけれど、そんなことをすると、あとになってからかえって気掛かりになりそうだ。部屋に入って、意味もなく小さな呻き声を漏らしつつ大きな鋏で封筒の端を切り落とす。薄紫の便箋に、黒いボールペンで小さな文字が書き込まれている。

昨日も今日も曇っていて、私の心も晴々としません。去年の終わりから処方されるようになった新しい薬の副作用で、いつも頭がぼんやりしています。通販で買ったグレーのブラウスは悪い影響力がありそうなのでバザーに出してしまうつもりです。

テレビを点けたら、鬱病について精神科の先生が話をしていました。どこかの教授だそうで、とても分かりやすくて参考になりました。春日先生はテレビに出ませんね、以前出たことがあったのを覚えていますが、今日出ていた人のほうが解説は上手いと思いました。テレビはともかく、本も書店で見かけることがなくて、先生の影はすっかりグレーになっていますね。最近私の家の近くでは未明の放火が多いので心配です。火事にはいくら注意しても、し過ぎることはありません。

今度、通っているクリニックの先生に、処方を変えるように頼んでみるつもりです。もし春日先生だったら推薦したくなるような薬がありましたら、薬剤名と製品番号を教えていただけないでしょうか。

平成二十七年五月十九日
S子

以上が文面である。鬱病云々と書かれているが、彼女は統合失調症だ。文章にまとまりがないのは病気の性質上仕方がないが、どこかこちらの神経を微妙に逆撫でするところがあるのもいつもの通りである。

S子とは、初対面から二十年近くになる。

彼女はある日、縁も因《ゆかり》もない簿記専門学校の建物に入り込み、六階から飛び降り自殺を図った。しかし落下途中で電線に引っ掛かりバウンドし、さらに緑色の乗用車の屋根に落ちたため一命を取り留めた。骨折はなく、だが打撲と脳震盪で意識を失い、当時わたしが勤めていた大学病院の救命救急センターに搬送された。点滴でラインを確保しつつ心電図や血中酸素濃度をモニターして様子を見ているうちに意識は回復し、検査でも問題がなかったため、そのあとのフォローとして精神科医が呼ばれた。そこでわたしが彼女のベッドへ足を運んだ。

女子大に通っている最中にS子は統合失調症を発病し、近くの精神科クリニックが治療を担当していたのだった。一時期は盗聴されているとか集団ストーカーの被害に遭っているとか騒いでいたものの、入院せずに外来通院だけでどうにか学生生活を継続出来ていた。けれどもこの病気では、ときおり途方もない虚無感に襲われてしまうことがあるらしい。その結果、何の気配もなく不意に自らの命を絶ってしまうケースがある。具体的な悩みや苦しみ（あるいは幻覚や妄想）から逃れるというよりも、深い溜息でも吐くみたいにあっさりと人生から降りてしまう。そんな心惑いで彼女も飛び降りを決行したらしい。

救命救急センターのベッドで、S子は上半身を起こしたままぼんやりしていた。表情は弛緩し、ひどく老けて見えた。まるで皮下組織が失われ、皮膚と頭蓋骨との間に虚ろなスペースが生じているように映った。ベッドの横には不安げな表情で両親が立っている。どちらも背が低く、父は地味な背広にネクタイ姿だった。

両親に黙礼してから「精神科です」と囁くと、席を外してくれた。一対一になったところで、わたしはS子にフランクな調子で話し掛ける。

「こんにちは。精神科医の春日と申します。退院の前に、あなたの主治医――つまり▲クリニックの先生に報告が出来るよう、話を伺わせて下さい」

「……」

「気分はいかがですか。救命センターの患者さんたちは、助かったって喜んでいる人もいれば、逆に戸惑ったり沈み込んだり、あるいは危ないところだったなあと恐ろしげな表情を浮かべたり、まあいろんな人がいらっしゃいます。あなたの場合はどうなんでしょうねえ」

「気がついたら身体じゅう痛くて。天国に痛みなんてある筈がないですから、でも地獄にしては明るいし。死んでいなかったと教えられて、振り出しに戻ってしまった気分です」

「痛みはまだあるの？」

「いいえ、もうほとんどないです。落ちたあと、電線で空中に跳ね返されたのは奇跡みたいだって救急のドクターが言ってました。それって、何だかわたしがトランポリンで遊んでいたみたいで……」


飛び降り自殺を図ったものの電線で跳ね返されたS子の姿が思い浮かんだ。仰向けに、青空を見上げるように空中に浮かんでいる彼女は、さながら無数の腕で胴上げされ祝福されているかのように見えてしまう（実際に仰向けだったのかどうかは分からないけれど）。両親の脳裏にもそんな皮肉な光景は思い浮かんだのだろうか。

「ぶしつけな質問をしますが、ビルから飛び降りたのには何か理由があったのでしょうか」

「んー、理由を聞かれても……。人生にはずっと絶望してましたけど、具体的なきっかけがあったわけじゃないです。歩いていたら、急に『今こそ空中に身を任せてみよう』って考えが湧いただけで」

「飛び降りろ！　という声が頭の中に聞こえたとかじゃなくて？」

「いえ、インスピレーションです。わたし、直感とかそういのには優れているんです」

「クリニックで処方された薬は飲んでいらした？」

「ええ。きちんと飲んでいないと、恥をかいたり嫌われるようなことを知らないうちにしでかしかねないからちゃんと飲むように、と▲▲クリニックの先生が言ってましたから。あ、自殺は別に恥ずかしいことではないと思ってます」

「恥ずかしいわけじゃないかもしれないけど、周りの人は悲しい思いをするよね。で、結果としてあなたは助かったわけですけど、ラッキーだったな、良かったなあって思えますか。わたしとしては喜ばしい結末だと思っていますし、あそこにいらっしゃるご両親もたぶんそう感じていると思うんだけど、あなた自身はいかがでしょう」

「……正直なところ、よく分からないんです。これからずっと、空虚な気分で人生を送っていくのが正しいのかどうか」

「ずっとそんな気分が続くとは限らないじゃないですか。ご自分でいろいろトライしてみるのも、結構充実感があると思うけどな」


もっと口が重いだろうと予想していたら、案外とS子は口数が多かった。だからといって再自殺の可能性が低いかどうかは分からない。差し当たってわたしの役目は、彼女が自殺の誘惑から離脱したのか否かを判断することであるが、それは決して容易ではない。

当時、わたしのボスというか教授は自殺問題に熱心に取り組んでいた。でも結果的に何か具体的な自殺防止マニュアルとか、自殺危険度チャートみたいなものを確立するには至っていなかったし、メカニズムの解明も達成し得ていなかった。精神医学の問題というよりは、むしろ文学的なテーマでしかないと思わされるばかりであった。せいぜい鬱病において、自殺予防の具体的指針が打ち出せた程度でしかなかった。

教授は「自殺未遂の患者とは握手をしろ」と盛んに主張していた。会話だけでは表面的なものに堕してしまいかねない。スキンシップに近いものによって生への関心を呼び覚ます必要がある。こちらがぎゅっと相手の手を握ることで、生きていて欲しいというメッセージも伝わりやすい。さらに、相手が握り返す力の強弱が、こちらの気持ちが伝わったかどうかの指標になる、と。

どことなく自殺の名所の近くにある土産物屋の主人の、長年の経験に基づく「自殺をしそうな人の見分け方」に近い雰囲気があるし、生活の知恵レベルの主張である。けれども、それくらいしか医師としてすることがないのも確かなのだ。

もう少しS子と喋ってから、わたしは右手を差し出した。

「いろいろと話して下さってありがとうございます。退院したら、ぜひとも命を大切に毎日を過ごして下さい。返事の代わりに、わたしと握手をしていただけませんか」

彼女はおずおずと当方の手を握った。S子の手は乾いていて、皮膚の下の骨や腱の存在がダイレクトに感じられた。

「あ、力が弱いな。それじゃあこれから先あなたが元気に生きていって下さるかどうか心配になってしまう。もっとぎゅっと握ってみましょう」

S子は力を込めた。わたしは愛想笑いをして頷き、手を離した。両親にも頭を下げ、あとでクリニックの主治医宛に連絡の手紙を書いてお渡ししますと告げ、部屋を去った。教授の提唱通りの対応を実践したわけである。

救急病棟のステーションの隅で主治医宛に連絡を書いていたら、S子の父親が一人でわたしを訪ねてきた。親切な対応をしてくれて心から感謝しますと、やたらと頭を下げる。いかにも実直そうな父で、こちらとしてはそこまで感謝されるようなことはしていないのになあと気まずい気持ちである。もともと我の強い一人娘であったS子は発病以降かなり親を翻弄したようで、両親は疲弊しきっていたらしい。

「娘も大変に感謝しておりました。家に戻ってから、自分の気持ちを整理する上でも、ぜひ先生に手紙を差し上げたいと申しております。こんなことをお願いするなんて厚かましいことは重々に承知しておりますが、よろしければ先生のご住所をお教えいただけないでしょうか」

父は厄介なことを言い出した。すがるような目をしている彼の前で、わたしは困り果てた。基本的に、こうした場合には住所など教えてはいけない。医者と患者という関係性が崩れてしまうし、患者は弱い立場にあるから、いろいろな意味で一線を越さないための防波堤としても個人情報の提供はまずい。にもかかわらず、わたしとS子とは直接の治療関係にはないことを父親は強調し、「娘が不憫で」などと泣き言を口にする。

わたしは億劫になってきた。冗談ではなく、針金でコンクリートブロックを三個ばかり身体に括り付けられたみたいな重苦しさに囚われていた。とにかくもう、父に「駄目です」と告げるのが面倒でたまらなかった。

おかしなことを言うようだが、人は人生の重要な分岐点においてすら「何となく億劫で面倒」というただそれだけの理由で不幸のほうの選択肢を選んでしまうことがないだろうか。自殺にしても、もしかすると決行の直前に一瞬迷いが生じるものの、今さら中止するのが面倒なのでそのまま死に突き進んでしまった人も少なくないのではないか。プロポーズされ、断るのが億劫なために人生の伴侶をそのまま（いまひとつ気乗りしないまま）決めてしまった女性も案外いるのではないか。生涯の仕事を決めるときや、故郷に残って燻るか上京してチャレンジするかを選ぶとき、法外な値段の保証人になるのを依頼されたとき——さまざまな岐路で魔が差すことがあって、それはしばしば億劫感によってもたらされる。

そこまでヘヴィーな分岐点ではなかったかもしれない。手紙ならば病院の精神科医局宛に送って下さいといえば済む筈である。だが、あの父親に拒否も妥協案も告げたくなかった。億劫で面倒だったから。今になって思い返せば、「オレはいったい何をやっていたんだ！」と自らを怒鳴りつけたい。けれどもあのときは、言いなりになるしかなかった。自己弁護をする気もないが、わたしはS子の父親に住所を教え、なぜかそのこと自体をたちまち忘れてしまった。

一週間してから、淡いグリーンの封筒がわたしの家（当時は代々木の賃貸マンション）に届いた。裏返すと差出人としてS子の名前と住所がものすごく小さな文字で書いてある。自宅は一軒家らしい。便箋と一緒に写真が同封してあり、それは彼女の飼い犬（白いペキニーズ）を撮影したもので、人物は写り込んでいなかった。犬の名前は写真の裏にも便箋にも書かれておらず、今現在になっても判明しない。

便箋にはボールペンで自分の学生生活がいかに虚しく退屈なのかが綴られていた。自殺の理由については、自分がどれくらい壊れ易いのかを確かめてみたかったと述べ、でも電線で空中に跳ね返されたせいで分かりませんでしたと素っ気なく書かれていた。さらに、救命センターでわたしと握手をしたことは運命的な意味を含んでいる筈で、まだその意味は分からないけれどきっと重要なものに違いないとそこの部分は赤でアンダーラインが引いてあった。それを読みながら、わたしは彼女が2色ボールペンの愛用者なのだろうかなどと考えた。

最初の手紙は、握手が彼女へ天啓に似たものをもたらしたことを告げていた。いや、あからさまに言えば、彼女に恋愛妄想を引き起こしてしまったことが歴然としていた。教授の教えに従って自殺未遂者と握手をしたせいで、とんだ誤解を招いてしまったらしい。なるほど教授だったらそんな誤解は招かなかったであろうが、わたしはまだ若かったのだ

（参考までに述べておくと、患者が医師に恋愛妄想的な感情を抱く場合、その医者がハンサムとか魅力的とかの条件は無関係である。たんに力関係とタイミング、さらに患者の精神状態によってもたらされる現象に過ぎない）。

次の手紙はその一週間後に来て、愛に関する古典文学や詩からの引用のみが書かれていた。これはまずい。いちばん心配したのは、S子がこちらの住まいへ直接訪ねてくることだった。あるいは職場へ。妻には、手紙を見せて経緯を伝えておいた。彼女もナースなので、こうしたエピソードについては心得ている。

三通目の手紙は意外にも三ヵ月経った後で、自分は将来哲学について研究したいなどと記されている。いろいろな辞書や教科書から、哲学の定義が書き写されていた。わたしへの恋愛妄想めいたことは何も記されていないので、かえって拍子抜け、いや残念な気持ちになった。そんな気持ちになること自体、もはやS子のペースに乗せられている。

以後、手紙は立て続けに来たかと思えば半年音沙汰がなかったりと規則性がまったくなかった。恋愛感情が滲み出ている手紙もあれば、まったくそんな素振りもない手紙もある。自分の日常や、精神疾患のこと、哲学、音楽（彼女はショパンが好きらしかった）などの話題が、入れ替わり立ち替わり登場する。わたしへおもねるような文面もあれば、精神科医療に携わっている人間すべてを憎んでいるかのような手紙もあった。総じて文面はまとまりを欠き、どこか唐突な印象があった。

わたしは返事を一通も書かなかった。つまり無視した。なぜ返信してくれないのかとS子が詰《なじ》ってこなかったのが奇妙といえば奇妙であった。

やがてわたしは本を書くようになった。精神医学をテーマに、サブカル寄りのスタンスでエッセイないし論考のようなものを書き、雑誌や新聞に寄稿するようにもなった。その事実に彼女は気が付いた。もちろんそうした原稿の中で彼女について言及するようなことはなかったが、どうやらS子は当方の文筆活動を「彼女へ向けて、あたかも一般書のように偽装して発したメッセージ」と捉えたらしい。あの本の237頁に書いてあったのは、つまりわたしにもっと痩せたほうがいいという意味ですね、などといった内容の手紙が届くようになった。だが、さきほども述べたようにわたしは一切返事を書かなかった。にもかかわらず、そのことを恨んでいる様子はない。

何年か経つと（いや、実は十年近く経過していた。そのあいだに二度転居し、S子に新しい住所は教えていないのにちゃんと突き止めてくる。もしかすると、父親が手伝っているのかもしれない。その気になれば、名簿の類や文藝年鑑には住所を記載しているし、ちっとも調べるのは難しくないのだ）、手紙のトーンが変わってきた。こちらが書いた本を「偽装して発したメッセージ」とは捉えなくなった。彼女なりの書評や感想になってきたのである。妄想の要素が減ってきたわけで、S子の担当医の治療が実を結んでいる証拠かもしれなかった。

わたしの本に対するコメントは、ときに辛辣な文面となった。「文章が難し過ぎてよく分かりませんでした。精神科医として書いているというよりは、作家に憧れて無理に気取った文章を綴っているように思えました」などと記されていると、苦笑するしかない。多くは文脈を読み取れていなかったり、表面的な意味のみに反応して裏の意味を読み落としての意見であったが、まさに「歯に衣着せぬ」コメントであった。彼女の日常生活はまったく分からず、仕事をしているかも不明で、ただし住所は変わらなかった。

そんな手紙が、あいかわらず不規則なインターバルで送られてきた。そしてわたしは自分でも気付かぬうちに老いを迎え、スランプであるつもりはなかったが物書きとしては不本意な状況に陥った。書いた本への反響がなくなるどころか黙殺され、売り上げ部数が減り、取材や寄稿依頼が減り、献呈される書籍や雑誌がみるみる減っていく。世の中から見捨てられていくといった感覚が、はっきりと生じてくる。自分でも自信のある出来栄えのつもりの本に世間が無関心を示した際の戸惑いは、すなわち明らかに自分が世の中の感受性と解離を生じている証拠であり、それは深い孤独感と無力感をわたしにもたらす。こういったときには運命に逆らわずにじっと待っているほうが賢明なのか。それとも積極的に自分をアピールしたり旧知の編集者に相談でもしてみたほうがよいのか。方針すら見当がつかないのは苦しいものである。自分が惨めになってくる。

いきなり話が飛躍して恐縮だが、テネシー・ウィリアムズ（1911〜1983）というアメリカの劇作家は、もはや日本ではほとんど忘れられた存在だろう。代表作は『ガラスの動物園』（1945）、『欲望という名の電車』（1947）、『焼けたトタン屋根の猫』（1955）といったあたりで、一番目と三番目に挙げた劇はそれぞれピューリッツア賞を受賞している。若くして劇作家のトップに立ったウィリアムズだったけれど、60年代以後は発表する戯曲がことごとく不発に終わる。興行的にも批評家筋にも駄目。だが今読み返してみると、決して彼の才能が枯渇したわけではない。たんなる運勢の巡り合わせと、世の中の気まぐれさ、彼が自分をゲイであると公表していたことなどが負に作用しただけである。

彼の本に『テネシー・ウィリアムズ回想録』（鳴海四郎訳、白水社1978、原書は1975年刊行）という一冊がある。わたしは別に演劇青年なんかではなかったが、早川書房で出ていた彼の一幕劇集を面白く読んでいたせいで、出版されてすぐに購読している（その本が、いまだにわたしの書棚に鎮座していたのには相応の必然性があったに違いない。ウィリアムズの姉が統合失調症で精神科病院に収容され、米国でもっとも初期にロボトミー手術を受けた患者の一人だった、などというエピソードも影響していたのかもしれない）。露悪的な告白と複雑な感情のこもった思い出、さらには落ち目である自分への自嘲と怒りが混ざり合った、相当に読み応えのある本であった。同書の冒頭に近いところに書かれていた文章が何となく気になっていたが、それが三十年経った今、生々しく自分に迫ってくるとは思わなかったのである。ちょっとそこを引用しておこう。

……現在、私は観客にたいして二つの気持ちを抱いている。もちろん観客に気に入ってもらいたいし、理解や共感を得たいのだが、その一方で、近頃では私の書くような種類の劇にたいして、彼らはかたくなに反抗をつづけているような気がするのだ。私が創りたいと願っているようなものとはまったく異なった種類の演劇に馴らされているかのようである。

実際は、私自身の演劇も変革をつづけているのだ。早いころに人気を博したような劇とはもう縁を切った。私は新しいことを始めているが、だからといってそれはけっして国内国外のほかの流派からの影響ではなく、完全に私自身のものである。私のねらいは過去とすこしも変わっていない。すなわち、私の世界と私の人生体験を、そのときどきの題材に適した方法で表現することにほかならない。

現在になって読み返すと、まことにしみじみと彼の思いが伝わってくる（しかも彼はその後も低迷から抜け出せないまま、ニューヨークのホテルで、アスピリンの瓶を歯で開けようとしてうっかり蓋を喉に詰まらせ、一人ぼっちで窒息死している）。ウィリアムスとわたしとではあまりにも格が違うことは承知しているが、回想録を書いた彼の年齢とそれを再読するわたしの年齢が同じだったこともあって、心を揺さぶられるのである。

さてわたしはわたしなりに低迷に悩んでいるというのに、S子はマイペースで手紙を送って寄越した。しかもどうやら彼女の価値観にはとんでもなく俗っぽい要素が多く含まれているらしい。出版社についてS子なりのヒエラルキーがあるらしく、どこそこの会社から出すようでは駄目だなどと躊躇うことなく言い切る。書評の有無などもチェックしている。その挙げ句、あなたは落ち目になっていますねといった意味のことを平気で書いて寄越す。

そんな言葉など無視すれば良いではないか。彼女にわたしの本の真価など分かるものか。でも彼女の「表面しか読み取れない」傾向とか、俗物きわまりない価値判断の基準は、実は世間そのものの代弁者ということであろう。王様は裸だ！　と指摘してしまう子どもに彼女は似ていないか。そこが気になるのである。いくらわたしが超然としていようとしても、S子の身も蓋もない指摘は当方の心を甚だしく傷つける。彼女が精神を病んでいるからこそなお、彼女の言い分には真実が宿っているように思えてしまう。しかもよく考えてみればそれはまさにわたしの頭の中でも自覚と否定を繰り返してきた内容なのであり、だからこそS子はわたしにとってのウィリアム・ウィルソンないしはドッペルゲンガーという次第なのであった。まったく腹立たしい。

こうなったらわたしはどうすればいいのか。自分を信じて地道に淡々と精進しながら運勢の好転を待つしかあるまい。でもテネシー・ウイリアムズのように好転しないまま、ボトルキャップを喉に詰まらせてひっそりと死んでしまう可能性だってある。はっきり言って、神だか運命だかに馬鹿にされているようで悔しいのだ。まさかわたしに仕返しなんかされまいと思って調子に乗っている（に違いない）神／運命のことが気にくわない。天に向かって中指を突き立ててやりたい（いや、それはもうやった）。

そして最後の駄目押しが、前述の手紙というわけである。だがその時点で既にわたしは親が残したマンションをリノベーションして引っ越す計画を進めていた。我が人生に対する「お祓い」としての引っ越しを。

一歩、出し抜いてやった。ザマミロである。墓の上で踊るように、かつて親が暮らしていたマンションを否定し上書きする形でカッコイイ住まいを作り、そこで人生をリセットして生活の立て直しを図るのだ。低迷から抜け出すのだ。やがて神／運命が気まずそうに握手を求めてわたしの前に出現すれば、そのときには口をほんの少し歪めながら力強く握り返してやろう。

二人目のウィリアム・ウィルソンはN美である。キャバクラ嬢だが年齢は三十に近いので、もはや（彼女の職場では）老嬢という立ち位置にある。ルックスはそう悪くない。もっとも、安っぽさや趣味の悪さはどうにも隠しきれない。彼女が強運の持ち主であったなら、マイ・フェアレディ的な夢想を抱いた金持ちに拾ってもらえたかもしれない。だが彼女は、あらゆる幸運から見放されていた。N美に言い寄ってくるのは、三流ホストみたいなチープな連中ばかりであった。

不眠と摂食障害で彼女は精神科外来に通院していた。診断は、境界性パーソナリティー障害といったところであろうか。摂食障害については、N美自身はさして気にしていない。ただし体重は異常に気にしていた。多くの摂食障害患者は自分で口に指を突っ込んで嘔吐する。そうやってカロリー制限を図る。だから手に「吐き胼胝《だこ》」が出来たり、胃酸で歯が溶けたりする。ところが彼女は体質的に吐けない。そこで消化管の内容物を下から排出することに固執する。下剤だの浣腸の乱用が著しかった。

N美はいつもキャバクラで働くときと同じ格好で病院に来た。つまりとんでもなく短いスカートだとか、胸の谷間が覗き込めるようなブラウスの類である。しかもキラキラした安っぽい衣装である。こちらも目のやり場に困るので、「もっと患者らしい格好をして来てくれないと、オレも他の患者さんも気恥ずかしくなるから困るんだよ」と文句をつけても、

「だって、わたし正真正銘のキャバ嬢なんですから」

と、すっかり居直りモードである。日常生活で出会った「頭に来た出来事」だとか「不安になったこと」を一通り喋ると満足して帰って行く。派手な服装の割には感情を爆発させたりトラブルを起こさないでくれるので、その点は助かる。

彼女にとって、42という数字が魔界の呪文のように重大な意味を持っていた。

体重42キロが、N美にとって決定的な境界線であったのだ。

本人によれば、うっかり体重が42キロをオーバーすると、たちまち自分は女として、いやまっとうな人間として世間から認められなくなるというのだ。薹《とう》の立ったブスとして蔑まされ、たとえばレストランに入ったとしても「人並みに」扱ってもらえない。意図的に無視されたり、慇懃無礼な態度をとられたりする。道ではわざとぶつかってくる人がいたり、不愉快そうに睨みつけてくる人すらいる。服や装飾品を買おうと気取った店に入ると、お前なんかお呼びじゃないといった振る舞いをされる。

ところが42キロを割ると世の中は掌を返し、たちまちフレンドリーな態度を取り戻す。どこへ行っても美しいレディーとしてしっかり敬意を払って大切にしてくれる。レストランでは座るときにボーイがちゃんと椅子を引いてくれるし、あれこれと特別なサービスをしてくれたりもする。服を買いに行っても、わざわざ奥から「取って置きの」一着を出してくれたりする。往来では人々が親切にしてくれるし、写真を撮っていいですかと尋ねてくる男さえいる、と。

そんなことをN美は主張する。わたしは、「本当かよ。41・9キロと42・1キロとで、世の中の態度が全然違うっていうわけ？」と揶揄半分に訊いてみる。すると彼女は真剣な顔つきでイエスと答えるのだった。信じられないかもしれないけど、まぎれもなく真実なのだ、と。

これはもう主観の話だから、N美がそう主張するなら彼女にとって世界はそのように見えるとしか言いようがない。まあそれは分かるけれど、体重42キロでまことにくっきりと世界が変貌するあたりが摂食障害の真骨頂であるかもしれなかった。彼女は過去にパーソナリティー障害や摂食障害についてマスコミでもしばしば発言をしている「有名な」ドクターのクリニックに通っていたこともあった。しかし何も改善しなかった。挙げ句の果てに、受付のナースと大喧嘩をして通院を止めたという。わたしは彼女へ、「摂食障害のきちんとした治療は当方では無理です。手に余ります。差し当たって少量のクスリを処方したり、短時間ながら悩みをお聞きすること位しか出来ません」と釘を刺したが、なぜかN美は延々と通い続けているのだった。

さて彼女にとって体重42キロを境に世界がフレンドリーになったり敵意を剝き出しにしたりと容易にスイッチが切り替わるという事実を、わたしは馬鹿げていると思ういっぽう、本当はかなり深く共感をしていたのである（ドアーズの二枚目のアルバム『Strange

Days』1967に収められシングルカットもされた「People are Strange」という曲の歌詞は、彼女の心性そのままの世界観なのに驚かされる。ジム・モリソンは、まさに境界性パーソナリティー障害の頂点だ)。

幼い頃から、世界がいとも簡単に切り替わることにわたしは慣れていた。これには当方の甲殻類恐怖症と関係がある。わたしは甲殻類のうちでも殊に蟹が駄目である。それはアレルギーがどうしたとか、蟹の鋏で痛い目に遭ったなどといった話に基づいているのではない。大学の医局にいた頃、教授に甲殻類恐怖だと語ったら、「君、そりゃ去勢不安だよ」と言われて苦笑したことがあった。鋏でペニスをちょん切られるのを恐れるとか、そんな通俗フロイト流の解釈では通用しない話なのである。

こうして文章を書き綴っている途中でやっと気付いたことがある。母は態度に一貫性を欠くところがあり、そのためわたしは心が安らいだことがなかった。一人っ子であった当方だが、両親の友人や部下が遊びにきているときは和やかな時間が流れる。わたしは横で大人たちの会話に耳を傾けながら勝手な想像を膨らませるのが大好きだったし、大人たちは気まぐれにわたしに話を振ったり相手をしてくれた。それはこちらをそれなりに一人前に扱ってくれることであり、大いなる喜びに他ならなかった。母はウィットに富み、綺麗で、しなやかなネコ科の動物のようなオーラを発していた。だが来客が姿を消した途端、母は態度を一変させることが少なくなかった。わたしの仕種や言葉使いなどを非難するのである。けれどもわたしにはいまひとつ「ぴんと」こない。何が悪かったのか。が、母は大変な立腹であり、そんなときなぜか父の姿は見当たらない。直接暴力を振るわれることは少なかったが、いきなりコミュニケーションが成立しなくなるのが恐ろしかった。母の言うことは理解がまったく出来ないし、こちらが何を言っても通じない。しかもそんなとき、母の顔つきは今までとまったく変わった。どう変わったかというと、わたしには顔として認識出来なくなる。おかしな話であるが、目や鼻や口といったパーツは確かに存在しているものの、それらがばらばらな状態としてしか見えない。したがって表情もまったく読み取れない。怒りと得体の知れなさとの混淆《こんこう》したカオスが目の前にある。

そんな状態の母の顔は、喩えて言えば蟹なのである。漫画では出っ張った目と、胴体に口が描かれて蟹は描写されるだろう。どちらかといえば親しみやすい生き物として。でも本物を観察してみれば、口らしき器官やその周囲にささくれ立ったような突起があり、さらに目玉を支える「柄」も脆そうなのか丈夫そうなのか分からない。とにかくごちゃごちゃとして、そのまとまらなさが油断ならない気味の悪さとなっている。蟹には表情がなく、冷酷さと憎悪しか感じられない。鋏や脚にしても、ばらばらに取れてしまいそうな脆さと、がちゃがちゃとメカニカルかつ冷徹に残虐なことを遂行しそうな非情さとが同時に備わっている。まさに甲殻類として全身を武装しているいっぽう、中身はひたすら柔らかく傷つきやすい。そうした極端な対比もまた、わたしにとって自分はどのように蟹を解釈すべきなのか戸惑わせるのである。そして怒っている母の顔のごちゃごちゃした不可解さは、途方もなく大きな蟹と同じだったのである。

ああ、そうだったよな、とわたしは今ここで納得している。我ながら、何と適切なイメージを抱いたことか。優雅なネコ科の動物がいきなり大きな蟹に変身して攻撃してくるなんて、恐怖そのものではないか。母が切り替わり、すると世界も切り替わる。現在の自分は〈二項対立〉なんて発想はおしなべて頭の悪い人間が陥りがちな罠であるなどと書いたりするわけであるが、幼い頃のわたしはまさに二項対立の中で心休まるときなどなかったのである。だからといって母を責める気にはなれない。彼女なりの生育史にいろいろと問題が横たわっていたに違いないのだ。それにしても甲殻類恐怖症の人間が世の中に少ないのが不可解である。蟹の顔の恐怖は、かなり普遍的な気がするのであるが。

以上は個人的な脱線であり、N美にとって世界が体重42キロを境に容易に相貌を変えることに話を戻そう。大人になったわたしにとって、体重に相当するのはおそらく自分が書いた本の売れ行きや評価であると思う。精神科医としての日々は、たんなる仕事であり自分の（わずかばかりの）誠実さを実証してみせる営みでしかない。わたしが体感するこの世界は本に対する他者の態度により、たちまち親しみやすい和やかな世の中か、さもなければ無関心や嘲笑に満ちた冷酷な世の中のどちらかに切り替わる。そしてここ何年ものあいだ、世界は後者としてわたしを取り囲んできたのだった。

それは錯覚に近いだろう。いや、妄想か。まさに「気のせい」である。そんなことは分かっている。でも、ネガティヴな様相を呈した世界に生きていくのは辛い。N美を前にするたびに、わたしはそのようなことを実感させられるのだった。良い本を書いて世界を過ごしやすく変え、少なくとも（蟹が穴に逃げ込むように）逃げ込めるシェルターを確保するためにも、気に入った住まいが必要であると考えるに至ったのは当然であろう。まさに彼女はわたしのドッペルゲンガーなのであった。


三人目のウィリアム・ウィルソン。それは五十歳になる既婚男性、K郎である。

幼い頃に両親は離婚し、子どもは全員母に引き取られたものの姉は自殺し、弟は若いうちにアメリカへ渡ってネヴァダでヘリコプターのパイロットとなった。今では国籍もアメリカに変わっている。母親はパワフルな人で、さまざまな事業を手掛けて生き抜いてきた。晩年はK郎と共同で観葉植物や多肉植物をリースする会社を経営し、結構な利益を上げていた。

不惑を過ぎても彼だけは母の呪縛から逃れられなかった。共同経営といえば聞こえはいいが、結局は母子の腐れ縁である。妻子を持ってもなお、K郎は母の支配下にあった。そして彼は若い時分からたびたび「鬱」を繰り返してきた。短期間の入院を重ねており、それでも母がいる限りは会社経営に支障は生じなかった。

彼が四十八歳のとき、母が亡くなった。会社の倉庫の中で倒れ（クモ膜下出血であった）、そのときそこに社員は誰もいなかった。シダや棕櫚竹《しゅろちく》やサボテンに見守られながら、彼の母親はひっそりと波乱の生涯を終えた。K郎も共同経営者として動揺することなく緊急事態に対処した。いや、対処する筈だった。

通夜の席で、彼は妙にテンションが高かった。母の意志を継いでオレは会社をもっともっと大きくし、事業内容も拡張して世界的な実業家になるのだ、などと大声で語っていた。飛躍のきっかけを母はもたらしてくれたのだ、などと言ってピースサインをしてみせたりもした。女子社員にセクハラ寸前の冗談を言ったりもした。今になって振り返れば、彼のハイ・テンションはいわゆる「葬式躁病」というやつであったのだろう。葬式躁病とは、通常は悲しみに暮れるような場面において逆に躁状態を呈してしまうケースを指す。ときとして人は高揚や攻撃性によって悲しみを打ち消そうとするものであり、その先鋭的な一例ということになるだろう。

もともと「鬱」のみを反復していたK郎である。ところが母親の通夜を契機に「躁」が加わることになった。初七日が済んでも彼の調子の高さは続いていた。いや、エスカレートしつつあった。それがすぐに無謀な事業拡大のほうに向かわなかったのはラッキーとしか言いようがない。部下が首尾良く母の死去をカバーし、会社は事なきを得た。その代わり、なぜか別荘を建てることにK郎は意欲を燃やし始めた。土地を購入し、「スペシャルな」別荘のプランに彼は没頭した。松山市の石手寺にある金色のＵＦＯ型五百羅漢堂みたいなものを建立するとか、そんなことを言い出さないだけまだマシであったかもしれない。別荘は完成した。一見したところ、外観は決して異様ではなかった。担当した建築家が、どうにかぎりぎりのところで分別を発揮したからであろう。二階建ての、昭和モダンといった雰囲気の建築で壁のあちこちに丸い窓がある。船のような丸い窓も、別荘としては常識の範疇であろう。だが特徴的なのは、玄関を入ってからである。K郎の妻にそのあたりを語ってもらうと、

「あの、家族であるわたしですら口外するのが恥ずかしいんですけど、屋内に滝があるんです」

「滝、ですか？」

「そうです。水が流れ落ちるあの〈滝〉です」

「落差がどれくらいあるんですか」

「三メートル近くです。まさに見上げる感じで。天井が高いうえに吹き抜けですから、そんな大きな滝も可能なんですの」

「そりゃすごいな。天然の滝ってわけではないんですよね」

「ええ。もちろん人工というか作りものの滝です。岩は合成樹脂ですし、水はポンプで汲み上げる循環式です。滝が落ちる音はスピーカーから流れます」

「ジオラマみたいなものですね」

「まったくもう、馬鹿げているったらありゃしない。滝が落ちるとはいうものの、シャワーよりも弱々しい水の落ち方なんですよ。ま、本物みたいに勢いよく水が落ちたら飛沫で家の中がびしょ濡れになってしまいますけど」

「どうしてご主人はそんなものを作られたんですか」

「さあ……。滝を眺めていれば心が洗い清められて新鮮になるから、自分だけの滝があれば実業家として心強いのだ、などと得意げに説明していましたけど」

「そのように考えたとしても、実行してしまうのが大したものですねえ」

「おかしいんですよ、夫は」


せっかくの別荘が完成した頃から、K郎は躁から「鬱」へと転じた。あんな愚かしいものを、わざわざ大金を掛けて作ってしまって、亡き母に対して恥ずかしいなどと苦悶するようになった。別荘には決して近づこうとしなかった。それまで受診していた病院に入院しようとしたが、生憎満床であった。そんな経緯から、一時的な入院を依頼されてわたしが担当することになったのであった。

五週間ばかり病棟で静養して落ち着いたので、K郎は退院して自宅へ戻り、治療はもとの医師に委ねられた。双極性障害、いわゆる躁鬱病としてはありがちな経過であり、精神医学的にはさして興味を惹く症例ではない。だが別荘の中にこしらえた高さ三メートルのポンプ仕掛けの滝というのは、なかなかインパクトがあるではないか。

出来れば別荘を訪ねてみたかったし、せめて写真でも見せてもらいたかった。だがそんなことは言い出せず（興味本位であることは見抜かれるに決まっているから）、結局は話の中から推測するしかない。滝が流れ落ちる音はスピーカーからの効果音だそうだったが、耳を澄ますと鳥の鳴き声なども混ざっているのだろうか。完成以来、どうやら別荘はまったく使われていないらしく、でもむしろ廃墟になったほうが人工滝の眺めは味わい深そうな気がする。

そんな具合にわたしはすっかり面白がっているわけだが、本当は、薄笑いもいささか強張りがちなのである。なぜならK郎は大真面目に「室内に大きな滝のある別荘」をこしらえたからである。ふざけたりウケ狙いではなかった。小馬鹿にされかねない「しろもの」を、彼は大金を投じて真剣に作っていたのだ。

躁病の恐ろしいのはそこである。自分が躁モードにあることを本人は自覚出来ない。自分自身に忠実に、それなりの理屈を携え、自信を持って馬鹿げたものを作ってしまう。躁から脱してみれば、自分でも馬鹿げていることに気付き、恥と後悔でいたたまれない気持ちに陥ってしまう。もはや後の祭りである。

わたしは自分が慢性の抑鬱神経症状態にあると考えているが（その根底にはパーソナリティー障害の傾向が横たわっている）、もしかすると躁モードがときおり生じているのではないか。自分なりに一所懸命に書き、それなりに斬新な内容を盛り込んだつもりの本が世間的にまったく評価されず黙殺されるといった悲しい顚末をわたしは散々繰り返しているのだけれど、それは自分が躁モードでいわば自画自賛状態で書いているだけで、本になってからは読み返したりしないから、躁モードによる妄想的産物でしかなかったというシビアな事実をスルーしているだけではないのか。つまりわたしの本の大部分は人工の滝と大差がないのではないか。

さらに不安なのは、リノベーションを図っている我が家も、K郎の別荘と「似たり寄ったり」の珍奇なものではないのか。完成した現在においても、自分ではK郎の別荘とはまったく無縁と思っているけれど、いつしか自己催眠によって自己肯定をしているだけではないのか。そんな疑惑を拭い去れないのである。妻もまた、わたしの妄想に巻き込まれているだけかもしれないではないか（二人組精神病という呼称がちゃんとあるのだ）。

K郎はわたしに、夢中になって行うことの不確かさ、意識することなく自分を道化者にしてしまう危険を囁いてくるのである。もちろん彼は実際に囁いたりしないが、彼の存在そのものが同じ効果をもたらす。罪作りな人だ。

そんな次第で、S子とN美がわたしに家作りをけしかけ、いっぽうK郎が心許なさを呼び覚ます。この文章を書いている現在、すでに家は完成しているので、三人を我が家に招待してみたいと思わずにはいられない。でも招待してどうするのか。自慢をするのか。感謝をするのか。文句を言うのか。自分でも分からないが、彼らに家を見せつけないと何だか自己肯定が上手くいきそうもない気がするのは困ったことである。

第五章

ニセモノと余生

かつて、TBS系列のテレビで「クイズダービー」という番組があった。初代の司会は大橋巨泉で、1976年から1990年まで務めた。その後司会者が交代し、番組は1992年まで長寿を誇った。スポンサーはロート製薬、視聴率は四十パーセントを超えた時期もあるのだから、五十歳よりも上の世代には少なからず馴染みがあるのではないだろうか。

番組名からも分かる通り、通常のクイズ番組にダービーのルールを組み合わせたものであった。レギュラー解答者には井森美幸、宮崎美子、五月みどり、黒金ヒロシ、はらたいら、竹下景子、ガッツ石松など多彩なメンバーが顔を揃えていた。わたしはほとんどこの番組を見ることがなかったのだけれど、人気番組であることは承知していた。放送時間帯は毎週土曜日の午後7時半から8時である。

レギュラー解答者には一種の文化人枠があり、フランス文学者で学習院大学の篠沢秀夫教授、ビートたけしの兄で当時明治大学理工学部の北野大教授などが、どちらかといえば珍回答で会場を沸かせていた。珍回答を連発しつつたまに鋭い回答を披露することで、どこか浮世離れした学者のイメージを世間の期待通りに強調していたわけである。

どうしてこんな番組の話をするかというと、わたしの父がアルツハイマーになってからのことだが、母から意外な事実を教えられたからであった。

クイズダービーが始まった時期には、父は医学部で公衆衛生学の教授を勤めていた（こういったことを書くと、当方が自慢話を開陳しているとブログやアマゾンのカスタマーレビューなどであげつらう人がいる。心の醜い人だなあとしかコメントのしようがない。だって話を進める上での前提条件なのだから、省くわけにはいかないだろうに）。そしてクイズダービーのレギュラー解答者にならないかと誘われていたという。結果的に断ったわけだが、あながち即座に断ったのでもないらしい。

テレビプロデューサーに顔見知りがいたり、講義や講演なんかはなかなか弁舌爽やかなところがあったので、なるほどあり得る話ではあった。父には結構あざといところもあったから、どうしようかと迷ったであろうことは間違いない。最終的に断った理由は判然としないが（ついでに言うなら、母にも口止めして父がわたしにそのエピソードを秘密にしていた理由も不明だ）、そんな話を知ったときには、既に父は答えを発するだけの知能を失っていた。

篠沢教授や北野教授のように、父がお茶の間の人気者的存在になる可能性があったわけである。わたしは別にどちらでも構わなかったが、それよりも、話を聞いてもっと違うことを考えたのである。

大学受験で浪人を経験したわたしは、クイズダービーがスタートした1976年の頃はまだ医学生で、家庭内、いや母の精神状態そのものは（紆余曲折を経て）かなり安定していた。こちらも実習やら勉強で忙しく、おかげで家庭は「ほぼ」平穏な状態にあった。だから父がレギュラー解答者になろうがなるまいがそんなことはどうでもいい。

わたしが考えたのはこんな内容だ。自分が小学校高学年から中学校あたりの時期――つまり母の精神がかなり不安定で、夜になるとトランプで独り遊びをしながらアルコールとブロバリンで酩酊しつつ呂律の回らぬ口調でわたしに絡み、ときには心肺停止になりかけたこともあってわたしを持続的な不安状態に追い込み続けていた時期（父は多忙でほとんど家にいなかった）――に、もしも父がまだスタートしていなかったクイズダービーのレギュラー解答者になったとしたらどうであったろう、と。もちろん、まともな時間に家に帰ってこない父がテレビにレギュラー出演など出来る筈がない。だがそういった現実的な条件は横に置き、とにかく父が全国のお茶の間の人気者になったとする。

それが母の精神状態に改善をもたらしただろうか。

テレビに出演するのをステータスと捉える考え方がある。俗っぽい自尊心を満足させる可能性であり、これはあまり関係がなさそうである。むしろ、父のテレビにおける外面《そとづら》と普段の行状との落差に、彼女はなおさら腹を立てるかもしれない。いっぽう、当方の家庭はある種の密閉状態にあったわけだが（一人息子のわたしは逃げ出すことなど思い付きもしなかったし、また年齢的に実行は無理であった）、そこに変化が兆したかもしれない。すなわちテレビ業界のある種の軽躁的な明るさが、わたしの家庭内に光として射し込んだ可能性はどうなのか。

幼かった頃、たまに来客が我が家に泊まっていくことがあった。それはすなわち、たとえ束の間でも家に平和が保証される夜に他ならなかった。それなりに笑顔がつくろわれ、賑やかで楽しげな時間が流れる。不安は消え去る。だからわたしは誰かが入れ替わり立ち替わり絶えることなく我が家に泊まっていってくれることを切望した。家庭に外の空気が流れ込み、穏やかで安定した時間が確保されるのだから。うわべだけであろうと、偽りであろうと、ニセモノの平和でわたしは十分であった。

父がレギュラー解答者になるということは、そのどこか浮ついたトーンによって、もしかしたら誰かが家に泊まってくれる事態に近似しているのかもしれない、そんなふうに考えたのである。言い換えるならば、家庭の密閉度がいくらかでも緩む可能性がもたらされたのではないか、と。

『マイライフ・アズ・ア・ドッグ』（１９８５）というスウェーデン映画がある。時代背景は１９５０年代に設定され、母子家庭のイングマル少年が、母の病状悪化のため田舎の叔父一家に預けられて成長する物語である。この少年にはちょっとした哲学があり、それは「人工衛星に乗せられ、宇宙で孤独に死んでいったライカ犬のことを思えば、どんなことだって辛くない」と考えることであった。子どもはそんな具合に妙なことを発想するわけだが（ついでに言い添えれば、ライカ犬とはニセモノの宇宙飛行士に他ならないところがなおさら痛切である）、父が全国の茶の間に笑顔を見せていれば我が家に多少問題があっても辛くない、といった（切実だけれども）馬鹿げたロジックがわたしのみならず母にも生じたかもしれないと思ってみたくなる。あるいはテレビのスタジオと我が家とはつながっていて、だから家庭の中は断固明るいのである、と。

いまさらそんなことを言っても無意味だろう。が、父が毎週クイズダービーに出ているおかげでなぜか母が落ち着きを見せ、家の中の空気の緊張度が和らぐといった場面を想像してみると、それは現実離れの度合がなかなか微妙ゆえに、かえって救いとなって機能したかもしれないと信じたくなる。いや、もはやその想像は、あり得たかもしれない現実として反芻したくなるほどの甘美な果実となって迫ってくるのである。

あの不安で息苦しかった日々に対しては、「クイズ番組で解答者席に座りブラウン管の向こうから笑顔を送ってくる父」のような突飛なイメージでなければ、とてもじゃないが拮抗し得なかっただろう――そんな思いが、いまだにわたしの胸の内にはあるのだ。もっとも、アルツハイマーになった父が施設で、

「あのクイズ番組の解答者だった人なんですって！　それがこんな状態になっちゃって

……。認知症って、つくづく残酷な病気なのねえ」

なんて職員に思われるのも力が抜けてしまうけれど。

微妙な非日常性ということで申せば、わたしが小学校低学年のときにこんなエピソードがあった。

父はまだ所沢で保健所長をしていたのだが、駅の近くの中華料理店で詐欺というか無銭飲食をしようとして捕まった中年男Aがいた。Aは満腹になったあとで、店員にうっかり財布を忘れたと告げた。すなわち無一文だったのである。しかも、自分は決して怪しい者ではないから、とポケットから名刺を一枚取り出して店員に渡した。しかしAの風体と名刺とがマッチしない。違和感がある。じゃあもう一枚あなたの名刺を見せてくれと店員が言ったら、急に観念して自ら無銭飲食を認めたという情けない事件であった。

さてそのAが「決して怪しい者ではない」と言いつつ出した名刺が父のものだったのである。なるほど名刺そのものは怪しくないかもしれないものの、食い逃げを図ろうとした人物の外見や物腰とは、およそそぐわなかった次第である。

警察から照会があって、その事件は父の知るところとなった。Aは名刺を「拾った」と最後まで言い通したらしい。いかなる経路で名刺がAに渡ったのか。本当に道にでも落ちていたのか。分からないままに終わったようだが、それからしばらくのあいだ、名刺 - 無銭飲食事件は父の周囲のみならず我が家にも驚きと同時に軽い興奮をもたらした。何しろAは父になりすまそうとしたわけである。つまり父のニセモノとして振る舞おうとした人物が存在する。これはすこぶる興味深いではないか。

父のニセモノがこの町には存在している。そう思うとわたしはわくわくした。当時から家庭内には次第に不穏なものの影が膨らみつつあった。精神を窒息させてくるようなそうした予感を、ニセモノの父が食い逃げを企んでいたという「いかがわしさ」と泥臭いユーモアを混ぜ合わせたような話題によって、多少なりとも吹き払ってくれそうな気がしたのである。この話題さえ持ち出せば、どんな雲行きになろうと家の中に明るさを取り戻せる！　そんな魔法が潜んでいると無理矢理に信じようとしていたのだった。

あの男Aは、幼いわたしにとって妄想的な救世主になるかもしれなかったのである。

小学校六年生の頃。季節は初冬である。珍しく普段よりも早い時間に、つまり「まとも」な時間に帰宅した父がにやにやしながら変な出来事を語った。

駅から家に向かって歩いていたら、幼稚園くらいの子どもたちが何人も集まり、いささか興奮して騒いでいる。彼らは、

「アイスクリームの外側！　アイスクリームの外側！」

と連呼しつつ地団駄を踏んでいる。どうしたのかと訝りつつ歩を進めると、乾いて脆いも

のを踏む感触があった。足元でぱりぱりと音がする。驚いて下を見ると、道路の、街路樹にさえぎられて光の届かないあたり一面におかしなものがびっしりと転がっている。しばらく眺めているうちに分かった。ソフトクリーム用のコーンである。薄茶色のソフトクリーム用コーンだけが、それこそ晩秋の落ち葉や木の実さながらに（たぶん百個以上）路上に散らばっていたというのだ。それを子どもたちが、霜柱を踏んで回るかのように足で踏みつぶしてエキサイトしていた。

ソフトクリーム用のコーンだって食べ物の範疇に属する。だからそれを遊び半分に踏みつけるなんて、眉を顰められるべき行為である。だがうっかりコーンを踏みつぶしてしまったその感触は、何だか妙に心を「わくわく」させたというのだ。靴の下で粉になってしまったコーンを目にしながら、ある種の破壊衝動に似たものを満足させる感覚があったらしい。だから子どもたちが興奮するのは無理ないし、父はそれを咎める気にもならなかった。一緒になって、片端からコーンを踏み砕いて回りたいくらいだった。

そんな埒もない話を父は語ったのだった。なぜコーンが路上に散らばっていたのか。たとえばトラックの荷台から箱が転がり落ちたとしても、あれ程見事には散らばらないだろう。故意なのか、事故なのか。悪戯なのか。腹を空かせた野良犬は、あのコーンを食べるかどうか。木枯らしに吹き散らされて、明日の朝には路上にコーンが散らばっていた気配はまったく残っていないのではないか。どうでも良さそうな方向に話題は広がっていく。

そのとき母は、意外にもそのエピソードを好ましい話題として受け入れた。いやそれどころか、自分もまたコーンを踏み砕いている感触を想像して楽しんでいるようなのだ。もちろんわたしも同じような想像をしていた。家族全員が、想像の中で路上のコーンを足で踏み砕いている。さながら一家揃ってステップを踏んでいるみたいじゃないか。ああ、この話題のおかげで、今夜は平穏に時間が過ぎそうだという実感が湧き、わたしは心の底から喜びを感じたのだった。

それから五十年ばかり経って父も母も亡くなった。火葬を終え、火力ですっかり脆くなった彼らの骨は、もしもそれを踏んづけたら路上のコーンを踏み砕く感触とそっくりに違いなかっただろう。翌日には、風に吹き払われて影も形もなくなっているだろう。そんなことを思った。

クイズ番組の回答者席に座る父も、父の名刺を持った無銭飲食男も、父が語る路上一面のソフトクリームコーンも、どれもわたしにとって救いに近い機能を帯びた存在として記憶に留められている。そしてそれらはいずれも、虚像とか替え玉、場違いな物といった具合にどこかいかがわしげな、つまりニセモノめいたトーンで統一されているように思える。そう、わたしにとってニセモノには、救いという属性が備わっているという意識があるのだ。間違いなく、そんな意識がある。

中学の文化祭で、演劇部が一幕劇を上演した。ストーリーは覚えていないし、演技も台詞回しも上手くなかった。面白くもなかった。しかし舞台装置だけが、やたらと上出来だったのである。

舞台の真ん中に洋風の家があり、ちょうど手前の壁を取り去った具合に内部が見えるようになっている。家具が置かれ、時計とか食器などの小道具も含めいずれも本物が持ち込まれていた。家屋だけがニセモノで、でもドアや壁紙の具合など、まことに上手にこしらえてある。

劇が上演されている最中に、近くにいた同級生の女の子同士の会話が聞こえてきた。

「あの家、良く出来ているわねえ。あのまんま、本当に住んでみたくなっちゃうわ」

「そうよね。結構快適に暮らせそう（笑）」

それを耳にして、なんだ他人も自分と同じことを考えているんだと嬉しくなった。自分もあの小綺麗なニセモノの家に、ひっそりと独りで暮らしたい。母親の不安定な様子を見せつけられるよりもずっと平和に、ずっと気楽に過ごせそうじゃないかと本気で思ったのである。その考えの裏には、舞台上のセットがなるほど「本物そっくり」ではあっても同時にニセモノ感を明確に与えてきたからで、そうなれば自分が舞台装置の家に住んでもそれは母を見捨てたとか裏切ったことにはならず、いわば冗談で済みそうだからという「いじましい」発想があった。

つまりニセモノの特性として、それと共に自分がいる限り「本気じゃないですから」と言い訳が立つような――そんな理屈が成立するようにわたしは思っていたようである。こうして書いていても変な気がするけれど、ニセモノは騙すためというよりは、やはり重苦しさや閉塞感を薄めてくれる「救いの装置」であるように漠然と考えていたのである。

東海道本線の車窓から見える大船観音（JR大船駅前の山の中腹にある高さ二十五メートルの白い観音像で、胸から上だけの胸像になっている）は昭和三十五年に完成したそうで、それが駅前にぬっと出現する唐突さは初めて目にする乗客を驚かせずにはおかない。この巨大観音を目撃したのは小学校高学年のときと思うが、最初の印象が「ニセモノっぽいなあ」というものであった。確かにあれは観音様そのものである。でもあれだけ巨大で日常感覚を突き抜けていると、レギュラーの観音や大仏のようにストレートには信仰の対象になりにくい。畏怖すべき、さもなければ敬愛され頼られるべき存在として信仰の対象となる可能性よりも、むしろ好奇心や嘲りの対象となるほうが優先されてしまいそうに思われた。そんなことは、はっきりと言語化こそ出来なくとも小学生にも分かる。

というわけで、少年であったわたしは大船観音を大掛かりなニセモノ物件と見做し、そのような存在が許されているこの世界の寛容さにささやかな喜びを覚えたのである。そんな経験もまた、ニセモノを「救いの装置」と認定するような感性の形成に一役買ったのであろう。

今現在、わたしはリノベーションを施した古いマンションの自室でこの原稿を書いている。自分の部屋（書斎と呼ぶのは気恥ずかしい）は、広さが六畳程度であろうか。一方の壁は青く塗られ（ちょうどフランス煙草のジタン・カポラル、あのパッケージに近い青）、その壁と向き合うように廃材による作り付けのテーブルがある。そこでキーボードを叩いている。背後は本棚で、床が抜けないように基礎工事を施した本棚が林立している。床から天井までの黒く塗られた木製の本棚で、段ボールで百箱以上の本が収まっている。人によっては圧迫感を覚える部屋かもしれない。天井はコンクリートが剝き出しで、電線は金属パイプにシールドされ、潜水艦の内部さながらに天井を這い回っている。

リビングと自室を区切っている壁は黒い金属フレームにモザイク硝子を嵌め込んである。妻は自室に引きこもっているわたしの姿をぼんやり確認出来るし、当方も視線を向ければ家具だのテレビ画面の明滅などがうっすらと見える。互いに、いい具合に距離感を保つことが出来ている。

ドアは昔の事務所にありそうなバネ仕掛けの観音開きで、斜めに真鍮の取っ手が付いている。実は書庫兼書斎の自室は、イメージとして「家の中の小さな家」みたいなものを目

指している。そのような形で独立性を保たせたい。リビングのほうから眺めると、古いビ
ルで営業している怪しげな探偵事務所っぽく見える筈で、まあそんな具合に仕上げられた
狭苦しい部屋に身を置いて文章を書いたり読書をするのがまことに心地よい。理想の書斎
に近い。
とはいうものの、たとえ怪しげな探偵事務所に見えようとも、所詮はニセモノに過ぎな
いのである。芝居の書き割りみたいなものだ。リビングは、ブルックリンスタイルゆえに
長さ十メートルに渡って煉瓦の壁となっているけれど、これだって本物の煉瓦をスライス
したタイルを貼ってあるだけだ。煉瓦タイルの古びた調子や汚れ具合が重要なのであっ
て、これもまた書き割りに近い。

実際、この家に住んでいると、舞台装置の中で暮らしているような微妙に非現実的な感
覚になる。床暖房を設置するために底上げしてフローリングを行い、天井は古いマンショ
ンゆえなのかもともと低い。そのため床と天井との距離が少しだけ標準より短いのも、予
想以上にニセモノっぽさに関与しているようである。照明器具には、昔の工場で使われて
いたアンティークをそのまま利用しているが（ドアのノブも同様）、ところどころ「本物」
が混ざり込むと、なおさら全体のニセモノ度が上昇する。

家具は、ここに移り住むに当たってすべて変更した。ダイニングテーブルは古材で大き
なものを作ってもらい、あとは休日になると妻とアンティーク家具を扱う店などを回っ

た。まさに実物そのもののアンティークもあれば、アンティークに似せた文字通りのニセモノもある。が、当方はニセモノで構わないと思っているので問題ない。

そもそもマンションの中で我が家だけが、（自称）ブルックリンの廃工場に変貌しているのである。大型冷蔵庫を搬入に来た運送屋の青年は「ここ、カフェとかにするんですか」と尋ねたものだが、そのような現実離れのベクトルを狙っていたので、彼の問いはすなわち褒め言葉となった。いずれにせよ、拙宅はマンションの建物に埋め込まれた舞台装置そのものである。中学校の文化祭で出会った舞台装置の家に住みたいという願望は、およそ半世紀を経て実現したといえるのかもしれない。

自嘲というつもりで述べるのではないが、わたし自身がニセモノである。精神科医としては二流、物書きとしては二流にすら達さない。それなのに、精神科医という立場を利用して巧みに「表現者」を装って生きてきた。鳥なき里の蝙蝠を実践してきたわけである。自分ではそのことを恥じてはいるが、同業者には所詮わたしと大差のない立ち位置のくせに羞恥心を欠いた輩もいるわけで、考えてみるだけで苦々しくなる。「オレですら心苦しいのに、お前はよくも平然としていられるなあ」と耳元で囁いてやりたくなる。でもそんな苛立ちも、舞台装置のような家の中にいると徐々に収まってくる。

ニセモノじみた家に住むようになって、それはわたしの精神にどんな変化をもたらしただろうか。

あたかも家に共鳴するかのように、ほんの僅かだけれども現実感が希薄になったような、さもなければ少しだけ離人症になった気分が持続するようになった。微熱が続いている状態に近い気もする。それは老いを受け入れざるを得ない複雑な気持ちを遠回しに肯定してくれているようにも感じられるし、死を迎えるレッスンの最初の段階のようにも思える。何らかの必然性は、微妙な非現実感の裏に感知されるのである。

仕事で外出し、その帰り道には「ああ、あの家に戻れる」としみじみ思う。現実の垢にまみれた自分が、自宅でその垢を洗い落とせるのだと実感する。妄想の空間に逃げ込んで、記憶と奇想に浸れるのだ——そんな嬉しさを覚える。

ということは、今のわたしは「お祓い」が功を奏して幸福と認定されるべき状態にある、ということなのか。

いや、幸福の甘美さとは少々異なる。自分では現役のつもりのわたしであるが、漠然とした余生の気分が伴い、それが微妙な非現実感をもたらしているようだ。でも、小学生の頃から、どこか余生というか晩年を送っているような気分をうっすらと感じていたのも事実なのである。一種の虚脱感に近い。無力感とも無縁でない。それが現役としての貪欲な感情と微妙に重なっているところに奇妙さがある。そんな次第で、余生だか晩年めいた気分について説明する前に、ある恐ろしい場面のことを書いておこう。

小さい頃からまったく運動の駄目であった当方にとって、学校の体育の授業は屈辱と苦痛の双方でしかなかった。体育の時間中は、可能な限り目立たないように、醜態を曝さないで済むようにと願うばかりであった。こんな残酷な時間があってよいのかと信じられない思いであった。かつて世間には、体育と給食がいちばん好きと口にする子どもが元気で明るい子どもの見本とされるようなセンスがあってわたしを苦しめた。そういった風潮に目を細めるような大人どもを想像すると、今でも異様に腹が立ってくる。

だが体育の時間にこそヒーローになれる子どもだっている。Y君がそんな子どもであった。いや、彼の場合は算数や国語や理科や、そういった勉強も結構出来たし目鼻立ちが整っていた。性格も良かった。すなわち、Y君はすべての面で理想的な子どもであった。だから常にヒーローだったのである。当然、女の子たちにとって憧れの存在となる。同級生の信望も厚かった。教師だって彼には常に一目置いていた。嫉妬しがちで陰気なわたしさえも、彼を憎む気になれない。スマートに生きていくことを運命づけられているような輝きがY君にはあったのだ。

六年生のときのこと。体育で跳び箱の授業があった。わたしは思い切りが悪い上にそもそも意欲がないから、三段とか四段とか女子にすら軽蔑されそうな高さしか跳べない。露骨に運動神経の良し悪しが分かるので、絶望そのものの時間帯であった。しかし運動神経が良い子どもは、何段も高く積んだ跳び箱をいかにも軽やかに跳んでいく。まさに晴れ舞台といったところであった。

ではその日、Y君はどうであったか。学校行事の準備に関連して、彼は校長室に行っていた。叱られていたわけではない。直々にプランの相談を校長から受けていたらしい。そのために体育には遅れて参加することになった。既に跳び箱で盛り上がっているところに、彼が途中参加する形となった。

誰が何段まで積んだ跳び箱を跳び越えられるか。その記録を競っているところにY君は戻ってきた。いきなり彼は、跳び箱記録に挑戦させられることになった。ただし彼には自信がある。自負がある。周囲も彼に期待している。それこそ真打ち登場といった雰囲気になったのである。教師も、Y君の挑戦がこの授業のハイライトと認識していた。

いったい何段積み上げられていたのだろう。Y君は決して背が高くはなかった。だから彼の挑戦はことさら凛々しく映った。誰もが、「普通だったらこんなに高い跳び箱なんか無理に決まっているが、Y君なら間違いなく跳べるだろう」と確信していた。つまり彼がまさにヒーローであることをその場にいた全員が確認したくてうずうずしていたのである。もちろんY君自身も、それに応えるのが自分の義務と心得ていた。まさにそのような表情と身ごなしで彼は体育館の真ん中に立っていた。

クラスメイトが固唾を飲んで見守る中、Y君は余裕の表情を浮かべて助走を始めた。ちょうどスロットル全開で滑走路を走る小型飛行機のように彼は突き進み、次の瞬間には踏み切り板を勢いよく蹴った。完璧なタイミングで、彼が広げた両足の下を跳び箱が流れ去る筈だった。誰もがそう確信した、おそらくY君自身も。

けれども——座布団を拳で叩いたような鈍い音がした。そしてわたしたちが目にしたのは、まことに間抜けな光景だった。ロシナンテに跨るドン・キホーテさながらに、彼は跳び箱に跨ったまま体育館の天井を見上げて呆然としていた。彼は着地していなかった。同じ失敗でも、箱に激突するとかなら、まだ玉砕といった雰囲気で恰好がつく。それに比べて彼の失敗は、いかにも情けない。彼の足先は力なく宙に垂れ下がったままだ。跳び越せずに、そのまま跨ってフリーズしてしまったのだ。床へ降りるためにY君は跳び箱を跨いだまま少しずつ身体を前にずらし、尻をこすりつけるように移動していく。その姿があまりにも「みっともない」。両足を大きく広げた体勢なので、なおさら間抜け度が高まる。ここで彼が愛嬌のある笑みでも浮かべれば、それはそれで上手くこの場面を乗り切れただろう。それなのにY君は、いささか茫然自失の態で身体をずるずる移動させていたので、惨めさと不様さとが相乗効果を上げてしまっていた。

見物していたクラスメイトたちからは何の声も発せられなかった。誰もが、どう反応して良いのかと戸惑っているようであった。やっと跳び箱から床へ降り立ったY君も無言のままそこに立ち尽くしている。数秒経ってから、我に返ったかのように教師が、

「どうだ、Y。もう一度やってみるか？」
と、いかにも明るい調子を繕って声を掛けた。

Y君は頷き、またスタート地点へ小走りに戻った。けれどもこの時点で、わたしを含む誰もが、もはや再チャレンジは百パーセント無理だろうと悟っていた。何だか確実に流れが変わってしまい、今やY君が華麗な姿を披露する可能性は永遠に失われてしまったような、そんな無残な認識が確実にその場に生まれていた。ついさっきまで、誰もがY君に好感を覚え、誰もが彼の成功を望んでいた。その期待に、彼は応えられなかった。誰だって失敗することはあるだろう。何もかもが常に上手くいくとは限らない。それは当たり前の話である。だけれどもそのときのY君の失敗は致命的であった——なぜ致命的だったのかを説明出来るものは誰もいなかったに違いない。それでもなお、まぎれもなく彼の運命は跳び箱を前に踏み切り板を蹴った瞬間、切り替わってしまったのである。Y君も教師も含め、全員がその事実を直感していた。

案の定、二回目のトライも失敗であった。またしても彼は高く積み上げられた跳び箱に跨ったまま、凍り付いている。エレガントな身ごなしの彼にはまったく相応しからぬ「恥ずかしい姿」を再現しただけであった。

体育の授業はひどく静かなまま終わり、Y君はいつの間にか姿を消していた。その日の以後の授業に、もちろん彼は出席していたが奇妙なほどに存在感を消失していた。

驚くべきことだが、それ以降Y君はまったく精彩を失ってしまった。誰もが彼から微妙に距離を置くようになった。まるで彼の悪運が乗り移るのを恐れるかのように。具体的には彼の言動も周囲の態度もちっとも変わっていない。それなのに、空気が微妙に変質している。Y君はどこか覇気をなくし、何となく投げやりな雰囲気を身にまとい始めた。そのまま時間は過ぎ去り、卒業式ではそれなりに代表の役を彼は務めたけれど、Y君らしさとでもいうべきオーラはまったく消え失せていた。卒業後は彼と別の中学にわたしは進学したので、以後の様子は知らない。

さてわたしは、Y君が理想的な少年というポジションから転落する恐ろしい瞬間を目撃したわけである。摑みどころのない話のようにも思えるが、やはりあの光景には冷酷な運命の分岐点が明白に出現していたとしか思えない。そしてわたしは凋落したY君に強い関心を抱かざるを得なかったのである。いや、むしろ共感である。もちろんわたしは過去に輝いたことなんてなかったから凋落も何もなかったのであるが、彼はあの跳び箱の場面で周囲の期待に応えることが出来なかった。所詮は体育の授業の一場面に過ぎなくとも、まさに肝心なところで期待に応えられなかった。それ以後のY君は、もはやかつてのオーラに包まれた彼ではない。あえて表現するなら、跳び箱での失敗以降、彼は余生を送っていたと思うのである。たとえ小学六年生であろうと、Y君はもはや人生の輝きを使い切った老人であった。余生を、晩年を静かに送っているようにしか見えなかった。

今から振り返ってみると、彼の不調はもしかすると思春期を目前にした少年特有のホルモン変化がもたらした心身の不調和に由来していたのかもしれない。彼自身も戸惑い、違和感に支配されていたのではないか。だから中学高校と進むにつれ、心身の調整を上手く図ってまたオーラを取り戻した可能性だってあるだろう。だがあの喪失体験を経たあとでは、もはやシンプルな人気者に返り咲くような精神構造にはなり得ない気がする。それは内面を深めるという意味ではむしろ彼にとって喜ばしいことだろう、長期的に見れば。

でも、やはり痛々しい。そんなY君にわたしが共感するのは、自分もまた期待に応えられなかった挙句に余生を送っている自分というものを自覚していたからである。

わたしの場合は、相手はクラスメイトでもなければ教師でもない。母親である。しかも彼女は何ひとつ具体的には期待も要求もしてこなかった。でも母の期待をわたしは痛いほどに感じていた。息子が言うのも気が引けるが、母親は美人であった。一人息子のわたしは、彼女に似つかわしい美しい子どもでなければならなかった。彼女がそう願っていたに違いないことは、ちょっとした言葉や振る舞いの端々から見当がつく。中身さえ良ければ外見なんて二の次である、といった発想を母は持っていなかった。逆である。中身が良いのは当たり前で、生まれ着いて持ち合わせたルックスや雰囲気といったものが駄目ならもはやその他はすべて価値が失われると考えていた。努力で能力や才能を伸ばすのは尊いことだけれど、外見がまずかったら興醒めだという価値観を母は持っていた。母の息子であるためには資格が必要であり、それは何よりも美しさであった。それゆえわたしは母の期待を真っ向から裏切る存在であった。もちろん彼女はそのことを理由に愛情を撤回するような態度は示さなかった。でも彼女の落胆は、はっきりと感じることが出来た、しかもこれから先、ルックスにおいて挽回はあり得ないだろう。勉学ならば努力でどうにかなるだろうが、不細工はどうしようもない。敗者復活は一切期待出来ない。わたしは自分の存在そのものにおいて母親を傷つけ落胆させていた。期待に応えられず、巻き返しも叶わず、既に小学六年生において余生を送っている気分を心の片隅に確実に持ち合わせていた。だからこそわたしは、Y君に密かな共感を覚えたのである。

とはいうものの、自分の悩みをY君にそっと打ち明けて彼と心の交流を図ろうなんて気持ちはまったくなかった。この余生ないし晩年の気分は、期待に応えられなかったという罪を償うべく生じている心的現象であるに違いない。ならば安易に意気投合したり慰め合ってはいけないだろう。押し黙ったまま背を丸め、余生の気分を一人で背負っていかねばならない。そのようにわたしは考えたのだった。

呆れるべきことなのか、それとも当然のことなのか、いまだにわたしはこの余生の気持ちを持ち続けている。ときおりわたしに対して素っ気無いとか無愛想な奴といった印象を抱いて憎む人がいるのだが、それは決して当方の悪意や傲慢さによるものではない。相手を軽んじているつもりはない。何十年も余生を送っているうちに身についたある種の非現実感、離人感に根ざしているだけなのである。

だから、山田詠美の短篇「晩年の子供」（『晩年の子供』講談社文庫所収1994）を読んでひどく心を揺さぶられたのも無理からぬことなのである。せっかくだから、この小説のことをちょっと紹介しておく。

主人公（語り手）は十歳の女の子の「私」である。夏休みに、両親に連れられて「私」は伯母の住む田舎に滞在していた。マイペースに一人で遊んでいた。田舎の天然自然に夢中になるというよりは、暑いけだるさの中で退屈そのものを楽しんでいた。伯母の家では犬のチロを飼っていて、「私」はその犬とも微妙な距離を置いていた。さてその日、チロは一家の昼食の残りであるカレーライスを一心不乱に食べていた。それを眺めていた「私」は、気まぐれで犬に「ちょっかい」を出す。するとチロはいきなり「私」の手を嚙んだ。血が滲むほどに。「私」はショックを受け、でもそのことを家族に言うとチロが処分されるのではないかと危惧し、秘密にしておいた。そのあと、テレビで漫画を見ていると、それに登場する少年忍者が犬に嚙まれ、狂犬病となって発狂する場面が長々と映し出された。「私」は、犬に嚙まれると狂犬病となって狂い死ぬということを知ったのだった。そうなると、さきほどチロに手を嚙まれた自分も狂犬病になって死ぬ理屈になる。「私」

は絶望する。六ヵ月後には、自分は狂犬病で狂い死ぬ運命を定められたのである、と。その瞬間、「私」の日常は一挙に変わる。子供であるにもかかわらず、晩年を生きる人間になってしまったという意識に囚われたからである。以下に本文の一部を引用する。

私は、物憂い気分に浸りながら、季節の移り変わりを感じていた。死を意識してから、私のまわりにうごめくはっきりと形を持たないもの、たとえば、季節、たとえば時間、そういったものが、急速に姿を現し始めていた。色を持ち、意思を持ち、私に向かって歩き始めていた。そして、周囲の人々、それは主に家族のことだが、彼らが私の周囲に形成する感情のモザイクのようなものが、まるで積木のように重ねられていることも知った。彼らの私に対する感情には、まったく隙間がなかった。母の私に対する思いを手でつまみ、空気の中から、一時的に外そうとすると、その空白を父や妹の感情の塊がおぎない、埋めるという感じだった。私は、初めて、家族が愛し合うことに、真空状態が存在しなことを知った。私の周囲は、濃密な他者からの愛で満たされていた。そして、幸福な人間は、そのことに気付くことがなく、そして、だからこそ幸福でいられるのだということに私は気付いた。幸福は、本来、無自覚の中にこそ存在するのだ。私は、父と母と妹を見て、つくづくそう感じた。その中で、私は、独り不安を背負い込んだ。自分が愛に包まれていると自覚してしまった子供ほど、不幸なものがあるだろうか。

結局、「私」は散々不幸な気持ちを味わった挙句、チロが狂犬病予防の注射を受けていることを知る。なんとも呆気ない顚末である。「私」は憮然とした気持ちになり、やがて時折はあの暑い季節に体験した「晩年」の時間を思い返していたが、いつしかそれは忘却の彼方に消えてしまった。

と、そんな物語であった。ああ、まさに的確に晩年の、余生の気分を描出しているじゃないか。聞くところによれば自殺を決意した人間の目には、それまでは何でもなかった日常の光景が急にくっきりと、それなりの意味や必然性を備えて迫ってくるものらしい。それにも似た鮮やかさと、いやに理路整然とした硬質な感触――そういったものがこの小説には的確に描き出されている。もちろん家族からの暑苦しい「無償の愛」も。この妙な懐かしさと、身も蓋もない気分!

わたしはゆっくりと深呼吸をして、気持ちを落ち着けようとせずにはいられない。余生が醸し出す虚脱感の背後にある重苦しいものを、うっかり想起してしまいかねないからだ。その重苦しいものとは何か。母は憂い顔で無償の愛を押し付けてくると同時に、彼女を落胆させないだけの美しい息子であることが愛を受けるための必要条件であるというダブルバインドをさりげなく仕掛けてくる。その罠に、わたしは翻弄され続けてきたのだ。グロテスクなことに、それはいまだに継続している。もちろんその責任が母にあるとは毛頭思っていない。彼女は何も考えていない。神の悪意が問題なだけである。

それにしても、期待に応えられない、期待を裏切るといったシチュエーションは罪悪感と自己嫌悪を生み、やがて深い無力感や孤独感を本人にもたらすだろう。といって、期待されない人生も虚しいし、やるせない。どうしてこうも生きることは難儀なのか。

わたしの世代では、アラン・シリトーの短篇「長距離走者の孤独」は青年の必読書に近い位置づけがなされていた気がする。現在ではあまり読まれていないのが不可解に思われる（短篇集『長距離走者の孤独』丸谷才一・河野一郎訳、新潮文庫1969が入手可能）。それこそパンクな精神に満ちた物語なのに。

小説の語り手は「おれ」で、エセックスの感化院に収容されている筋金入りの不良少年である。そんな自分を善人へと導こうとする院長その他大人たちに「おれ」は我慢がならない。ムカついている。そのような「おれ」にランナーとしての才能を彼らは見出す。これはチャンスだ、しっかりと練習をさせ、クロスカントリー大会で優勝させることで人間としての尊厳を得させよう、「まっとう」になる機会を与えようと彼らは考える。「おれ」は素直に従うかのように装う。そして大会当日、案の定「おれ」はぶっちぎりの一位で走り続ける。だが優勝してしまっては、彼ら善人どもの期待に応えてしまう。冗談じゃない、そんなことをしたら「おれ」自身に対して不誠実になってしまうではないか。というわけで、ゴール寸前で「おれ」は立ち尽くす。わざと棒立ちになる。そして負ける。ざまあみやがれ。でも規則を破ったことにはならないから、懲罰をくらうこともない。出所後、「おれ」は相変わらず悪事を働きながら読書に目覚め、そのついでに、まさに今読まれているこの小説（「長距離走者の孤独」）を書き上げたのだった。

いわば中指を突き立てながら、わざと期待を裏切るわけである。なるほどこれは爽快じゃないか。だがやはり不良としての一貫性を保てるだけのタフな人間でなければ意味がない。つまりわたしには適用しかねる。

期待されていた結果とはまったく別な形の成果を挙げてみせることによって、期待していた人に「ほら、こんなふうにあなたには想像も及ばなかったような結晶が、世の中にはいろいろとあるのさ」と蒙を啓いてやるのがエレガントなのかもしれないと思ってみたりもする。たとえば（あくまでも仮定の話である）わたしが世界的に偉大な芸術家になったとして、おそらく母は意表を衝かれたように驚き、わたしを誇りに思ってくれるだろう。我が息子にこれほどの才能があったとは、と。当方も達成感を覚えるに違いない。だが同時に、いくら誤魔化してても結局オレは母が期待するような眉目秀麗な息子にはなれなかったではないかと苦々しい思いにも駆られそうな気がするのである。オレは話をすり替えているだけで、期待を裏切っていることに変わりはないではないか、と。

考えれば考えるほど腹立たしくなってくる。

さきほど台所でコーヒーを淹れながら、「ああ、こういった方法もあったな」と思いついたことがある。不慮の事故とか、そういった突然の出来事でわたしが早死にをしてしまうのである（自殺はまずい）。それでは逃げたことにしかならない）。あまりにも惜しい、と思われる死に方で。母は悲しみつつもその現実を受け入れざるを得ない。そうして年月が経つうちに、彼女の心の中でわたしは次第に美化されていくのではないか。文字通りの美化である。目鼻立ちが大幅に補正され、しかも個性的といった具合に美化されるのではないか。それは母の期待に応えるためのひとつの解答ではないのだろうか。もちろんそれを実行するには手遅れである。でも方法がひとつ見つかったと思うと、少し気が楽になった。たんに実行されなかっただけの方法が。

余生だとか晩年の気分などと言っているけれど、実際のところそれは言葉の綾に過ぎない。隠遁もしていないし世間からリタイアしてもいないし、だいいちそのような年齢でもないのだから。そんなことはしっかりと自覚していた。つまりニセモノとしての余生ないしは晩年にわたしはどっぷりと浸かり続けてきたのである。「ごっこ」としての余生・晩年に。そこには既に述べたように罪悪感も自己嫌悪も無力感も孤独感もしっかりと揃っており、なるほどそれは深刻きわまりないと同時に、茶番じみた不真面目さもしっかりと伴っているようであった。いやだからこそ、わたしの精神はどうにか破綻せずに現在まで持ち越せたのであろう。

当方の本業である精神医学にしても、あたかもヒトの心のオーソリティーであるかのように装っているものの、所詮は胡散臭さのカタマリである。ニセモノそのものであり、そのような職業に延々と従事していられる自分の精神の「いかがわしさ」に驚きすら感じてしまう。いや、ニセモノに対する親和性は、自己救済の手段として自然に身につけ、その延長として精神科医を生業にしたと捉えるべきなのかもしれない。

なるほどニセモノという性質には、卑怯、虚偽、攪乱、奸計といった具合にマイナス要素が付帯する。だがそのいっぽう、「そっくりだが本物ではない」という事実がものごとの本質を相対化する。思い込みや先入観を取り去り、ときには心を軽くする作用をもたらす。気付かなかった可能性を示唆してくれさえする。卑しくさえなければ、ニセモノは往々にして人生に気軽な感情をもたらしてくれる。

というわけでリノベーションを施した我が家でわたしはニセモノをニセモノとして味わう。それしか生き残る手段がなかったのだと自分に言い聞かせつつ、ニセモノの雰囲気を楽しむ。近頃は電子煙草を愛用しているが、これもまたニセモノの煙草である。香りのついたリキッドをカートリッジに注入し、コイルで熱すると気化する。基本的に水蒸気なのだが、煙の粒子の直径が煙草の煙と同じなので、そっくりな性状の煙となる。リキッドのことをジュースと呼ぶが、電子煙草の愛用者はことにアメリカにおいて明らかに変態である。バナナクリーム味、チョコレートドーナツ味、マスカット味、コカコーラ味、ドクター・ペッパー味等々の妙に甘い煙を発するジュースがいろいろと揃っているのだから。わたしのお気に入りは「デイドリーム」というブレンドで、ラム酒とメンソールを混ぜた味である。薄暗い家の中で、デイドリームの白い煙を吐き出しながら音楽を聴いていると、曲がりなりにも自分にはささやかな救済が訪れたのかもしれないと思えてくる。

第六章

隠れ家で息を殺す

オークションで古い写真を手に入れた。全部で二十枚。すべてモノクロで、一枚の大きさが七・五×四・八センチ、名刺よりひとまわり小さな変則サイズである。おそらく昭和二十年代後半に撮られたもので（つまりわたしの年齢と同じくらい古い）、なぜ撮影時期が分かるのかといえば、小学一年生くらいの松島トモ子（昭和二十年生まれ）を撮影したものが含まれていたからである。

わたしが入手したのは、子役たちのブロマイドであった。裏を見ても名前が書かれてないので、顔から判断がつくのは松島トモ子だけだったのである。彼女とその他名前も分からない子どもたちが、レンズに向かって「あどけなさ」や「可愛さ」を強調すべく笑みを浮かべ、ときには小首を傾げ、ある者は時代劇の装束で、別の少年はチェックのシャツに野球帽を被り、もっと別の少女は振り袖やハワイの民族衣装で映っている。

意外にも、いずれ彼らが成長したら美男美女になるだろうとは思えないのである。大人の目から「子どもらしさ」を濃縮している子どもを選んでいるのだろうから、それは通常の美学とは相容れない部分が生ずる筈だ。むしろ奇形に似た要素を子役は要求されるのであり、それゆえに一種の妖気に近いものを伴うことになる。しかもそれはいずれ成長とともに失われていく。だから子役たちを撮影した古い写真には、たとえ本人がまだ存命していようとも、遺影のような隔絶した雰囲気がつきまとう。

何となく不吉な写真である——それだけではない。たくさんの子役写真を所持していること自体が、小児性愛者のようなアブノーマルな嗜好を示唆しているみたいな気分になってくる。疚《やま》しいのだ。少なくとも、妻には見つけられたくない。見つけられたくないと思った時点で、もはやポルノ写真に近い「いかがわしさ」を認めてしまったわけで、自分でも多少困惑してしまう。

なぜこんな胡散臭いものを、金を払ってまで欲しがったのか。

コラージュか、さもなければジョゼフ・コーネルの「箱」みたいなものを制作するための材料にしようと思ったのだ。病的な要素は、そのような作品においては重要である。不健康でノスタルジックでプライベートな色彩を帯びたアートを作ってみたくなったのであり、それは今こうして私小説的な文章を書き綴っていることと同じ動機に依っている。

その動機とは、おそらくPTSDの患者の病理に近いかもしれない。彼らPTSD患者はトラウマとなった記憶を消し去れない。精神衛生においてベストなのは、完璧に忘れ去ってしまうことであろうに、彼らは性懲りもなくトラウマを脳内で再現させる。些細なことから連想を辿って「おぞましい過去」をほじくり返しては、またしても苦しみと混乱に陥る。もはや自業自得のようにも見えるし、そのような反復がマゾヒスティックな趣味なのではないかと疑いたくもなる。もういい加減に固執するのはやめたらどうですか、と「ひそひそ声」で囁いてあげたくなる。

意志によって忘却を実現出来ないのは、人の心の大きな構造的欠陥であろう（いや、だからこそ人は自分を深められるのだと反論する人がいるだろうが、それは精神的にとてもタフか、幸運な人生をずっと歩み続けてきたかのどちらかだろう）。自在に忘却を実現出来るようになれば、わたしたちの悩みや苦しみのかなりの部分は軽減する。自殺者も激減しよう。だが実際にはそんなことは無理である。だから後悔や怒りや悲しみや恥や虚しさに、わたしたちは苦しめられる。過去を反省の材料にして前向きに生きるなんて面倒なことをするよりは、さっさと不都合なことは忘れて平然としているほうがシンプルで楽しい人生を営める筈なのに。

忘れ去ることが無理であったなら、次善の策は何であろう。

過去の生々しさを、毒々しさを取り除いて形骸化させてしまえば良い。牙さえ抜いてしまえば、人食い虎もサイズの大きなネコ科の動物に過ぎなくなってしまう。そのためには、何度も何度も過去を繰り返し体験し直し、それを通じて陳腐化させてしまえばどうか。すっかり慣れ親しんでしまい、マンネリ化させてしまい、毎度お馴染みの茶番に引きずり下ろしてしまうのが一番、というわけである。

さもなければ、結局のところ過去を想起する主体はこの「わたし」である。「わたし」という部分を強調しながら過去を繰り返していけば、主導権は次第に自分に移行してくる。無力感が薄れてきて、苦しみが減る。今度こそ上手くやるぞ、といった気になってくる。

と、そのようなメカニズムを無意識のうちに期待してトラウマに固執するものの、結局はセックスだの睡眠だの飲食に我々が決して辟易することがないように、トラウマは常にみずみずしい新鮮さを保ち続けているところに皮肉がある。しかもそのことに気付いていても、もはやＰＴＳＤの患者たちは反復を放棄出来ない。オートマチックにひたすら苦しみを繰り返す。それがＰＴＳＤ患者の辛さなのである。

反復から離脱するためには、やはり「わたし」を主体とする方式が賢明かもしれない。ただし、もう少し積極的に取り組むべきだ。すなわち、自ら過去をサルベージし、だがそれを寸分違わずに再現するのではなく、自分なりの考えを絡めて微妙に改変し、そのうえで過ぎ去った日々を作品の形で構築してみる。つまり相対化してみる。そうした営みは、自分に都合の良いノスタルジー趣味に映るかもしれない。しかし過去へ積極的に、主体的に関わることで無力感は僅かずつでも払拭されてくるのではあるまいか。空虚感は薄まってくるのではないか。そのような意味ではお祓いに（さもなければ祈りに）近い振る舞いでもあるのではないか。

書斎の机に並べた子役たちの古いブロマイドを眺めつつ、彼らは幸福な晩年を迎えられたのだろうかと考えてみる。繰り返し繰り返し考えてみる。芸能人として生き残れた者はどれだけいるのか。たとえ生き残れたとしても、いつまでも子役のポジションにはいられない。アイドルに移行出来なかったとしたら、演技派を目指すか使い勝手の良い脇役を目指すか、あるいは個性派を目指すしかあるまい。首尾良くギアチェンジを行えた者はいたのだろうか。松島トモ子はおそらく希有なケースに違いない。

彼らの殆どは、子役としての神通力を失っていくことに動揺し、焦った筈だ。せっかく特別扱いをされる（しかも華やかな）人生を歩んできたのに、あれよあれよと「ただの人」へと成り下がってしまう。いや、勉学や同世代との交友において十分な時間を割けなかったぶん、ただの人以下になってしまいかねない。そうした予感は恐怖に近かったのではないか。

そんな事態を想像しつつ、わたしはブロマイドを見つめる。彼らは子役であったことそのものによってトラウマを負っているかもしれない。そのような他人の不幸を、じっくりと思い描いてわたしは楽しむ。

そんなふうに意地悪な態度を取るのは、彼らの不幸を繰り返し想像しつつもなお、彼らを羨ましいと思っているからだ。何を以て羨ましく思うのか？

十中八九、彼らはステージ・ママと一緒だったことだろう。母の言いなりになり、母の期待に応えることが強力に求められる。母はマネージャーでありトレーナーでありファンである。その濃密な関係性にわたしは眩暈がする。母とタッグを組んで芸能界を生き抜いていくのだ。母は子どもへ勝手に夢を託したり保護者を気取って搾取したり、さらには自分の人生の虚しさを埋め合わせる道具として利用している側面はあるだろう。だから卑しいトーンがまとわりつく。でも、それでもなお、世俗的な野心や傲慢さやなりふり構わぬ恥知らずさまでをも平然と肯定する母子関係のありようにわたしは羨望を覚える。

いかがわしさや下品さは、結局のところ性的な消息へと合流するだろう。そのような気配にわくわくするし、何といっても母が何を求め、自分がどのように努力すれば良いかが分かっているその明快さに憧れる。彼らには曖昧さがない。躊躇がない。母の期待に応えるにはどうすれば良いか——たんに立派な学業成績を挙げるとか優しい人間になるといった茫洋とした話ではなく、きちんとミッションがありそれをやり遂げることで褒められ母を嬉しがらせてあげられる——そのような単純さに憧れずにはいられないのだ。

もちろん、もしわたしが幼い頃に子役だったとしたら、おそらく今のわたしは母を憎んでいるだろう。トラウマを負わされた気分でいるだろう。でもそのような憎しみもまた、分かりやすさが伴っている。だから（たぶん）心の整理がつけやすい。子役だったときの自分を回想する際の甘酸っぱさと苦々しさとの混淆も、それなりに味が際立っているのではないのか。

何度彼らを羨んでみても、その反復が飽和に至ることはない。羨望の感覚は麻痺しない。机の上の子役たちのブロマイドは、セピア色に変色しかけていると同時に、いつまでたっても生々しい。

もっと別な反復。

小学生時代のわたしは、かなり一所懸命に絵を描いていた。油絵も描いていた。そんな関係で、ＮＨＫ教育テレビで放映していた「テレビ絵画教室」なる番組をしばしば視聴していた。大人向けのプログラムである。カラー放送がまだ開始されていない時期であった。

その日のテーマは風景画であった。絵画教室と銘打っているからには生徒役と先生役が存在する。生徒役は大学生から老人まで男女四、五人だった。それぞれがイーゼルを立て、山の中腹にある広場から、向かいに広がる山々を描くのであった。見晴らしが良いので、生徒たちは目一杯に個性を発揮して絵筆を奮う。おそらく日光とか箱根とか、そのあたりの場所ではなかっただろうか。ハイキングの対象となるような標高の低い、親しみやすい山々であった。

生徒たちが絵筆を揮《ふる》うところが順番に映し出される。まだ完成には至っていないがおおむね絵柄が出来上がった時点で、先生役の画家が登場した。記憶では、いかにも画家らしくベレー帽を被っていた。その先生が生徒たちの絵を、順番に講評していくのである。それぞれの絵は、既に述べたように、予めテレビに映し出されていた。当然のことながら、わたしの目から見て気に入った作品や逆に心に響いてこない作品がある。でもそれは所詮小学生の目で判断したものに過ぎない。第一線のプロの画家によれば、どのように評価が下されるのだろうか。

わたしが応援したくなった絵があった。山肌に巻き付くようにして道が整備されている。螺旋を描くように山頂まで登れる道である。その道がくっきりと描き込まれた絵であった。そこにはピッケル帽を被った登山者までちゃんと描かれている。飽きない絵であった。ちょっと鳥瞰図を思わせる。道を指でそっと辿ってみたくなるような絵で、画面に入っていきたくなるような楽しさがある。この絵は、先生に激賞されるに違いない。そのようにテレビの前のわたしは確信した。

いよいよ当方が応援する絵に、講評の順番が回ってきた。わたしは固唾を呑んでテレビを見守っていた。他の生徒たちの作品は、印象派ふうだったり梅原龍三郎ふうだったり写真のように写実的だったりとレベルが高い。それらに比較すれば、当方の推す作品は決して達者な絵ではない。どちらかといえば稚拙で素人っぽい。だけれども率直さや喜びが伝わってくる絵じゃないか。

絵の作者は、コールテンのくたびれたジャケットを着た朴訥な感じの青年であった。いわゆる芸術家タイプではなく、芸術論を闘わせそうな様子はまったくない。普段は工場で黙々と働き、日曜になると一人で絵を自己流に描き続けているような雰囲気があった。彼は背筋をぴんと伸ばして講評に耳を傾けようとしている。

吉と出るか、凶と出るか。

先生は絵を一瞥しただけで、渋い顔をした。お話にならない、といった空気を漂わせつつ、冷徹に言い放った。

「うーん。これはちょっとね……まず、この道の描き方が感心しませんな。道が、説明的過ぎるんですよ」

作者である青年はがっくりと肩を落としていた。先生による否定的な言葉はなおも続いている……。完敗である。小説で言うならば、「この作品は人間というものがまったく描けていませんな。たんにあらすじが延々と綴られているだけで、人の心のありようが類型的にしか描写されていません。これじゃ小説でなくて講談ですよ」と評されるようなものだろうか。

テレビという晴れ舞台で、コールテンの青年は酷評に近い評価を受けてしまったのだ。わたしは彼に同情するよりも、先生に腹を立てた。「説明的過ぎる」なんて言い方はないだろう。この絵の楽しさがなぜ分からないのか。絵画としてのバランスを考えれば、なるほど道が目立ち過ぎて問題だという意見も一理ある。くだんの絵は、考えようによっては観光案内の絵地図に近いかもしれない。その点においては、アカデミックな描き方にはそぐわないだろう。でも道を指で辿りたくなるような楽しい絵を、頭ごなしに否定するのは納得がいかない。そのように思ったのであった。

幼いわたしには、絵の偉い先生に抗議するなんて出来ない。ましてや先生本人はテレビ画面の向こうに居る。もし抗議出来たとしても、たちまち言い負かされてしまっただろう。しかし、やはりこの絵はそれなりに尊重され労われるべき作品だ。いささか大げさに申せば、アカデミックだが退屈な絵と、正直だし楽しさにあふれているが（おそらく）芸術とは認められない絵——わたしはそのどちらを信じてこれからの人生を送っていくかを問われているようにも思えたのだ。しかもそれはもっと内容を敷衍して、あらゆるジャンルにおいて既成の価値と自分で信じるところとどちらに従うかという問いでもあった。

ではわたしはどちらを選んだのか。

どちらも選べなかった。いざ自分のことになってみれば、自分だけを信じるなんてそんな度胸はない。だが既成の価値観には、嫌悪にも似た反発がある。どっちつかずのまま、常に苛立ちと自己嫌悪とが胸に渦巻く結果となる。本当はステージ・ママの言いなりになっているほうがわたしには似合うのであり、自分なりの意見はあろうとも最終的な判断なんかしたくないのだ。そんなろくでもない精神で今現在までを歩んできた。

あのくたびれたコールテンの上着の青年は、「テレビ絵画教室」に参加した後、どうなっただろうか。絵を断念し、しかも職場でも同僚から揶揄されて居づらくなり、もっと条件の悪い工場で働きながら索漠とした人生を送る羽目に陥ったか。絵は諦めたものの、意外にも社会的には成功して金持ちとなり、豪邸だかタワーマンションの最上階の自宅の壁には、あの絵地図のような油絵が豪華な額縁に収まって麗々しく飾ってあるかもしれない。諦めずに絵の道を歩み、しかし当時からはまったく予想のつかない画風に変貌しているかもしれない。もしもあの画風を変えることなく、ひたすら延々と愚直に画業を継続していたとしたら、ぜひとも作品の数々を見せて貰いたい。わたしが知らないだけで、一部では「知る人ぞ知る画家」として伝説化しているかもしれないではないか。

どっちつかずの自分の精神と絡めて、わたしはコールテンの青年が絶望に突き落とされたあのテレビ番組のみならず、その後日談を想像してみずにはいられない。どちらかといえば不幸な方向にシフトした形で、何度も何度も青年の運命を想像して倦むことがない。この原稿を書きながら、今回もほろ苦く、楽しく思い返した。

記憶を反復し、それをいじりまわすことにわたしは憑かれている。それを行うためには、理屈としては場所など選ばない。電車の中だろうが道路上だろうが入浴中だろうが食卓だろうが、どこでも構わない筈だ。しかし実際にはどこでも良いわけではない。静かで薄暗くて内省的で落ち着いた場所が一番だ。つまりわたしの書斎がベストなのであり、考えてみれば自分は記憶とじっくり、存分に戯れるために現在の家を手に入れたような気さえするのである。

隠れ家で息を殺すように逼塞《ひっそく》する——それに近い状態が望ましい。そのような空間を手に入れるまでに何十年も費やしてきたように思える。

作家の藤枝静男（１９０７〜１９９３）は、私小説「庭の生きものたち」（『悲しいだけ』講談社１９７９所収）でこんなことを書いている。

この家を十年まえに建てようとしたとき、私の心の底に刑務所願望があった。自分は罰せられるべき人間だという気が若いころから漠然と自分の心にまつわりついていて、それは感傷にはちがいなかったが離れることがなく、何時かは形に現して決着をつけて薄めないと自分のためによくないと考えていた。無意味でチャンチャラ可笑しいことを承知のうえで、とにかく自分に向かってその振りをしないと何となくそこで死ぬ不安が保てないような気がしていた。それで家を建てるという、一種の道楽を含んだところにまぎれこませて、しかし家族のため自分自身のために健康で実用一点ばりの住まいを組立てようとした。外廓はできるかぎり厚く、外装に使うタイルを煉瓦色にし、総体のなりは総二階上下ずんどうにし、タイルの寸法と表面の粗密を決めて瀬戸の陶器工場へ注文に行った。部屋は包丁で断ち割ったように配置し、天井は高くとり、もっとも安く、充分に明るい光線を入れた。ヴェランダは思い切り幅をつけて頑丈に仕上げた。

刑務所願望というのは何となく分かる。刑務所に見立てれば、逼塞して記憶を繰り返しているだけで罪の償いになるというあたりの感傷的ロジックが好ましい（どことなく、チベット仏教のマニ車を回しているみたいなズルい気分だが）。そのくせ家族のためとか健康云々などと言って明るく光線の射し込む家にしてしまうあたりの矛盾は、その正直さにむしろ笑ってしまう。ストイックな家を建てる筈が、つい自己主張が出て、外装のタイルについては瀬戸の陶器工場へわざわざ注文に行ってしまうような脇の甘さも微笑ましい。そのような不整合さがなければ、彼の小説が面白くなる訳がなかったと思う。

たぶん刑務所願望についてはわたしの家のほうが、閉鎖的な小世界という意味でそれに忠実である。しかも「古い」刑務所に近いテイストが、我が書斎にはある。そんなことを自慢しても何にもならないが。

やはり私小説作家の川崎長太郎（1901～1985）は、晩年まで伴侶を持たず、小田原にある実家の脇にあったトタン張りの物置小屋に独りで棲みついて小説を書き綴っていた。海まですぐ近くである。ときおり徒歩で、私娼窟《ししょうくつ》である抹香町へ出向いて娼婦と寝る。そんな経緯を小説のテーマとしていた。ストイックなのか快楽主義なのか判然としないところがあり、しかし最終的には自分に厳しい人だったと思う。そこが魅力なのだが、彼の住まいと暮らしぶりはこんな調子だ。『もぐら随筆』（エボナ出版１９７７）所収の「新居の記」から引用する。

……小屋には、依然として、魚類その他の商売道具が入れてあり、中二階になっている畳が二枚敷いてある場所は、相変らず私の帰りを待っていたような具合だったが、小屋は他人のいる母屋と通路を垣で境されもしたところで、一寸離れ小島のような格好であった。弟の家は歩いてものの五分とかからなかったが、そこまで行って洗顔その他毎朝のことをするのも面倒だったし、月々通信社から最低の収入貰う仕事も持ってきていたので、弟からただ飯振舞われる心配の方も、免れていた訳であった。が、市営の共同便所でことを間に合わせたり、毎朝食堂でちらし丼食ったりして、夜は夜で小屋にローソクともして過ごすような暮らし方は、ずっと二十年間、だらだらと続いてしまったのである。電灯その他を用いず、冬場も全然火の気なしで、寒いとかじかむ手をローソクの炎にあぶるようにして凌いできていた。二枚の畳は表がすりむけて藁がはみ出し、使い古したビール箱の机もガタガタになり、屋根のトタンも大分赤錆びを生じ、出入り口の戸も腐ったりして、このままあと何年か住みつくにしては、いくらなんでもひど過ぎると私にも承知されるのだったが、畳をとり換えたり何かするのが一寸大儀な感じで、ままよとほっぽりばなしでいた矢先に、台風到来であったのだ。
決してこのような暮らしを彼は超然と送っていたわけでもなく、別のエッセイ「師走の風」には、
私も、あければ、数え年五十八歳である。段々、夢や迷いは減り勾配、白髪の数のみふえていったが、正直いって、現在でも小屋のひとり寝がたえがたく思われる折もないではなかった。女のハダがほしい、と朝方の眼ざめに、のどから手が出るような妄念にかられる場合もあった。
などと弱音を吐いているあたりがまことに好ましい。彼のライフスタイルがそもそも金持ちにはなれない形であり、当人はそれを承知しているどころか何か贖罪でもしているように貧しく不便な方向に暮らしを向けている。だが、やはりそうした生活に心底から順応しきることは出来ない。トラウマへ完璧に慣れ親しむことが出来ないように。そうした軋みがあるから、自分の生活と記憶を淡々と描くだけで文学になり得るのだろう。藤枝静男は開業医ゆえに金銭的に困ることはないものの、分かりやすい苦境がないぶん、なおさら鬱屈する部分があるようだ。それを贅沢だと非難するような単細胞人間には小説など読む

資格はない。

刑務所願望の家と、ローソクで生活する物置小屋の家。どちらも、記憶と戯れ、さもなければ記憶を出し抜いたり変容させる営みに相応しい場所として機能しているわけである。そしてわたしはニセモノの家（三鷹のブルックリン・スタイル！）であり両親の住まいを「あえて」上書きして作った家で記憶を反復し弄ぶ。


反復とは、ひとまとまりのパターンが繰り返されることだ。そのパターンは人生の一齣、ひとつのエピソードであることが多い。けれども、ときにはまるごとの人生が「ありがちなパターン」として感じられることがある。

東郷青児（1897〜1978）という画家がいた。かつては日本人の誰もが、彼の名前と絵を知っていた。筆致は淡く儚げで、レースのカーテンみたいに半透明な印象の画面であった。物思いに耽っているような少女がデザイン化して描かれ、その背景に家や簡略な風景が配され、あるいは少女が花束を持っていたり、舞踏のように手を思わせぶりなポーズに保っている。そうしたバリエーションに応じて「ベニス」だとか「望郷」だとか「花籠」だとか「若い日の思い出」などと題名がつけられる。エアブラシで描いたようにも見えるが、実物を目にすると筆で描かれていることが分かる。どれもこれも拡大再生産としか言いようがない。

いかにも昭和の少女趣味であった。洋菓子店の包装紙や、喫茶店のマッチ、レストランの壁の絵、化粧品のパッケージなどに相応しいタッチで、それは庶民にとってのささやかな高級感を形象化していた。ラジオ放送で聴く日本語のシャンソンみたいな西洋趣味が、たしかに魅力的ではあった。

東郷青児は、通俗に徹していた。フランスで十二年間生活し絵を学んだというが、エコール・ボザール専科卒というあたりからして経歴が怪しげで、しかし生活史に何か空白や不整合のない人間なんて面白くない。心中未遂をしたり、それを取材に来た週刊誌記者時代の宇野千代とたちまち同棲したり、そんなところも「いかにも」な快男児である。フランスから帰国した直後の、未来派や超現実派の影響を受けた作品群はなるほど注目に値する。男前でもあった。戦後になると二科会を事実上乗っ取ってボスとして君臨、マスコミとタイアップしたり芸能人枠を作って話題を撒くなどの「あざとい」手法で勢力を広げていく。

わたしの父は飛行機で東郷青児の席の斜め後ろに座ったことがある。およそ芸術家らしからぬ黒くて精悍で暑苦しい男性だったそうである。同行の人物と声高に話しながら、雑誌を下敷きにしてメモ用紙を重ね、鉛筆ですらすらと人物像（スケッチではない）を描いてみせ、それが上手かったと苦笑しながらも感心していた。

遣り手として、有名人として存在感を際立たせていった東郷青児は、それとは裏腹に本業の画家としての評価は下降していった。前衛画家から通俗画家へと変貌していった事実を反映していたわけである。値段もさほど高くない。画壇の重鎮になりおおせたものの、芸術家としては終わっていた。もちろん本人はそのことを十分に自覚していた筈で、しかし今さら生き方を変えるわけにもいかない。虚栄と権力欲とに身を委ねるしかない。八十歳で旅行中に急死するも、腹上死だと噂された。

こうした人生は不幸なのかどうか。派手だが虚しい人生として良識派からは否定されがちに思われるし、当人だって評論家から画業を認められなくなっていった自分の立場を痛感して、まことに忸怩たるものがあっただろう。今では彼の絵を手に入れようと思ったら、画廊経由よりもヤフー・オークションのほうが簡単である。質草や廃品扱いという次第である。

しかし彼のような人生、つまりある意味では成功したのかもしれないがそれは本心に照らせば「斜め上の成功」でしかなかった——そういった心の傷を負った人物には好感を覚えずにはいられない。わたしは斜め上でも駄目な人間だったが、医者の立場で申せば、プチ東郷青児的な屈託を抱えた人物と時折出会う。地方病院の院長みたいな立場の人で。ああ、ここでもひとつの人生パターンがリフレインされていると思うと、嬉しくてたまらなくなる。俗物であり続けることの度胸みたいなものを、称えたくなることすらある。決して揶揄して言っているのではない。

東郷青児の娘が東郷たまみ（1940～2016）で、彼女もまたひとつの典型的な人生パターンを歩んでいる。十六歳にして彼女は、父が牛耳る二科展で初入選している。三十歳で二科展金賞、三十五歳で二科展内閣総理大臣賞である。画家としては輝かしくも早熟な軌跡で、しかし陰口が絶えなかったであろうことは想像に難くない。だが彼女は「したたか」で、初入選した年に歌手デビューも果たしている。美人であったし、歌も上手かったのである。服部良一のレッスン仲間であった朝丘雪路（伊東深水の娘）、水谷良重（水谷八重子の娘）と三人で、自分たちから「七光会」を名乗ってコーラス・トリオを結成、ステージを踏んでいる。やがてトリオは自然消滅、映画出演や歌手稼業を経て彼女は画家に戻り、父とは異なる画風だがやはりきわめて通俗的な作品を描き続け、また父の死後は父の作品（ニセモノが多く出回っていた）の鑑定なども行っていた。

東郷たまみも、幸福なのかそうでないかは判断が分かれそうである。富と美貌に恵まれ、強い父に愛されて育ち、音楽と絵の分野でそれなりに自己実現を果たしている。でも所詮は親の七光りでしかなく、表現者として父を凌駕することも叶わなかった。しかしそれのどこが悪いのか。もし生まれ変わりがあるならば、わたしは東郷たまみの人生をなぞってみることを拒まないだろう。母に庇護された子役のように、父に庇護された女流画家にも憧れる。

さらに別な人生パターン。安食一雄（1936〜2015）という画家がいる。彼は東郷青児の直系の弟子ということになるらしい。1976年に二科展青児賞を受賞。もしかすると師のアシスタントのみならず代作みたいなこともしていたのではないか（たぶん画壇においてはあながち否定される行為ではないのかもしれない）。東郷青児亡きあとには、「師の作風を受け継ぐ」と称し、まさに青児のクローンみたいな作品を描き続けて一生を終えた。二科会の理事も務めた。

調べてみると、相応の値段がついている。決して「そっくりの絵」「ニセモノ」として否定されているわけでなく、公認され、むしろ二代目東郷青児（襲名済み）のような扱いである。師の絵を模して描き続けているぶんには、身分は安泰のようなのであった。

けれども、安食にとって自尊心とか自己主張といった面ではどのように心は処理されていたのだろう。小馬鹿にされたことだって稀ならずあっただろう。わたしは半ば本気に、安食にインタビューをしてみようかと考えたことがあった。世間には発表しないが実は自分独自の画風で描いた膨大な作品群が自宅の倉庫に秘蔵してあるとか、そういった秘密を期待していた。首尾良く本音を引き出せば、東郷青児に対するアンビバレントな感情の告白を聞けるかもしれないと予想した。が、結局彼に会うことのないまま、安食画伯はあの世に旅立ってしまった。

悪く言えば東郷の腰巾着的存在であったのかもしれない。あるいは、割り切って生きて行こうと決意させた何らかの事情が安食にはあったのかもしれない。単純に東郷青児の心酔者で、それゆえに満足至極な人生を送った可能性だって否定は出来まい。

安食一雄が不幸だったのではないか、ものすごく大きな屈託を抱えていたのではないかと勘ぐってしまうあたりに、人の生き方（パターン）に対するわたしの偏見が顕れている気がする。彼の生き方の何がいけないのか。わたしの歪んだ美学に照らしてエレガントとは言いかねても、そんな言い掛かりをつけられる謂われは安食にはない。ほぼ百パーセント、彼はわたしなんかより苦労を重ねている。「お前なんかに分かってたまるか」と言い返されたらそれまでである。

しかも当方にはどこか忠実な弟子という立場を羨んでいるところがある。藤枝静男やウィリアム・カーロス・ウィリアムスへ密かに私淑しているわたしには、弟子というものへの強い憧れがあるようなのだ。孤独を癒してくれる装置として家族を求めるのではなく、むしろ疑似家族にも似た師弟関係に憧れるところに自分の病理を求めるべきかもしれない。そう、弟子であるということは、スタート時点において師から「見どころのある奴」と認められている。しかも師から一方的に期待されるわけではなく、こちらの努力次第といった分かりやすさがある。忠実さとか機嫌を損ねないように振る舞うといった世俗的な態度も要求されようが、そこはマゾヒスト的な心理機制によって解消されるだろう。

わたしがなりたかったのは東郷青児の娘か、そうでなければ東郷青児の一番弟子だったのかもしないと思うと案外納得するところが出てくるのである。

さきほど妻と自動車で出掛け、帰る途中、自宅の近くのスーパーマーケットへ寄った。このマーケットの駐車場はただの空き地で、店の隣にぼんやりと広がっている。そうしてコンクリートの塀を隔てて、向こうには二階建ての何となく「ぶっきらぼう」な家がぽつんとある。駐車場に面した壁には、窓のない家だ。

時刻は夕方だった。季節は冬で、晴れてはいるがすぐに闇が迫ってくるだろう。車のドアを開けながら、ふと塀の向こうの「窓のない家」が視野に入った。すると、今までまったく気付かなかったのだが、駐車場の塀と向こうの家とのあいだの狭い空間に、棕櫚が一本、ひょろりと生えているのだった。今までは何だか黒っぽいカタマリのように見え、注意を払っていなかった。しかしそこには、あの椰子の仲間、常緑樹であり意外にも寒冷に強い棕櫚の木が、二階の軒近くにまで立ち上がっている。

その棕櫚の存在を認めることが出来たのは、影のせいだった。駐車場の頭上を突っ切るようにして夕日が真っ直ぐに射し、するとビスケット色をした家の壁に、まことにくっきりと棕櫚の影が斜めに拡大される形で映し出されていた。葉柄を扇状に広げた暗緑色の葉、葉柄の根元につらなった繊維状の棕櫚皮、そして幹——季節には不似合いな南国的なシルエットが、理科の実験用スクリーンか影絵劇の舞台へ投影されたかのように、壁にはっきりと映し出されていたのだ。冬にはすべての影が薄く曖昧になるような気がしていたのに、家の壁に出現した棕櫚の影は濃く、さながら五月の陽光に照らされたみたいな鮮やかさを見せていた。

車の横に立ち尽くしたまま、わたしは言葉を失っていた。懐かしいような、不思議なような、言葉以前の世界にいきなり直面したみたいな感じがあった。棕櫚の影のわざとらしい程の鮮やかさが、何かひどく重要なものの断片を見てしまったかのような生々しい感覚を生じさせていた。でも、いくらあの影や棕櫚をじっくり観察しても、そんな感覚の正体はまったく分からない。分からないこと自体が、直感的に、はっきりと分かっていた。いや、もっと内向的な気分だ。むしろ「壁の影を見て、しんとした気持ちになった」と表現したほうがいいかもしれない。

しんとした——この表現は、川田絢音『空中楼閣——夢のノート』という詩集（書肆山田1991）に収録されている「石粒」というわずか三行の詩に用いられていたもので、独自の表現というわけではないものの、いつか自分でも使える機会がないだろうかと思って長らく（二十六年！）待機していたのであった。当該する詩を引用しておこう。

歩いていて幾重にも条の入った白い石粒を拾った。そこに、わたしの生の方向性がすべて条になって現われていて、しんとした簡潔な思いになる。

東郷青児や東郷たまみや安食一雄たちの俗っぽい生だって、のっぺらぼうの壁に映った影のようなものと思って眺めてみれば、しんとした気持ちになってくるようだ。

ストーリーを効果的にまとめ上げる秘訣のひとつとして、こんなセオリーが（たぶん）あるのではないだろうか。最初のほうに登場した人物がいったん引っ込み、以後はずっと姿を見せないが、最後のほうで重要な役割を果たすべく再登場する、といった仕掛けである。ちゃんと伏線が回収されたような気に読者はさせられるし、最初に登場したシーンを思い出すことによって自動的に物語に奥行きが生じてくるからである。

そんなことを思ったのは、わたしが小学生のときに見た「テレビ絵画教室」、あそこで酷評を受けた「コールテンのくたびれたジャケットを着た朴訥な感じの青年」を、今ここに再度登場させようと考えたからだ。

あの青年が数奇な運命によって東郷青児と出会い、内弟子となり遂には画風を受け継ぐことになり、つまり安食一雄その人になったという顛末をふと思いついたのである。可能性は必ずしも否定しきれない。生年を見ると、しっかり符合し得る。まあわたしの馬鹿げた妄想にとどまるだろうが、もし万が一それが事実だったらどうだろう。なるほど青年の画風と東郷青児の画風はあまりにも異なる。しかしテレビ収録で自分の画風を完璧に否定された彼にとって、もはや今までの自分と違うタッチならどんなものでも受け入れる気になっていたかもしれない。そこへ親分肌の東郷青児と出会い、すっかり感化されたとしてもおかしくあるまい。

自分を絶望から救い出してくれた師、そんな師の絵柄（必要以上に分かりやすい絵という意味では共通しているではないか）に似せようと努力しつつ、彼は東郷青児の弟子として生きていく。それを「寄らば大樹の蔭」などと蔑むべきではない。それは安心感と充実感を含んだ幸福な日々ではないだろうか。師を喜ばせ、師と同化していく。そんなことを想像すると、わたしは急に彼が羨ましくなってくる。そう、不幸な彼の人生を想像するのも楽しいが、やはり絵の世界で彼が「それなりに」幸せになる光景もまた楽しい。

そして幸福について、こんな話はどうだろう。

いつだったか、わたしはソファで「うたた寝」をしていた。やがて浅い眠りから半分目を醒まし、そのまま横になった姿勢でじっとしていた。妻が台所で夕餉の支度をしていることは分かっていた。ときおりそれらしい音も聞こえてくる。そのうち、彼女が小さな声で歌っていることに気が付いた。下手な歌なので曲名は分からない。いわゆる鼻唄とはちょっと違う。わたしが眠っていると思って油断したのだろうか。小声ながらちゃんと歌いながら料理をしている。

それに気付いたとき、わたしの心に生じたのは自分でも驚くくらいに大きな安堵感であった。彼女は今、お気に入りの歌を口ずさみながら料理をこしらえている。歌声の様子からは、絶望や怒りを振り払うべく歌っているのではない。といって歓喜の歌というわけでもない。今現在を肯定している気持ちが、そのまま素直に歌という形を取っているように感じられた。妻はカラオケなんかやらないし、CDを買ったりオーディオで音楽を聴くタイプではない。たぶん古い曲である。昔流行った曲をそっと歌いながら夕食の支度をする人間は幸福なのか。そうとは言い切れないだろう。が、あの歌い方からは不幸や不条理を連想することは出来ない。やはり肯定的なトーンだ。

妻はわたしと一緒に暮らしていて幸せなのだろうか、といつも疑問に思うのである。子どもがいないのは、わたしのせいである。リノベーションした家も、まったくわたしの趣味に貫かれている。アメリカン・ヴィンテージが基調の、ブルックリン的インダストリアル風味のインテリアなんて、彼女の好みそのものではない。彼女はむしろタワーマンションの「今ふう」のインテリアのほうが落ち着くに違いない。妻は今でも外科病棟の看護師長として勤務している。それに加えて主婦業である。わたしは家事を殆ど手伝わない。

人間的な魅力にも、外見にも誇るところのない夫は書斎に閉じこもりがちで、車の運転も出来ない。世間常識を知らず、愛想が悪く、世間を呪っている。彼女がうんざりしても当然なのだ。経済的に自立している彼女が、自己中心的な夫と暮らさねばならない理由なんかない。

妻は大型トラックのドライバーになってみたい、などと本気で考える人である。彼女の好みからすると、わたしのように陰気で理屈っぽい人間は好きでない筈なのだ。おそらく彼女の好みは、東京スカイツリーのてっぺんの部分を作った鳶だとか、超大型タンカーの船長だとか、イタリア人にも絶讃されるピザ職人だとか、岩合光昭先生みたいな写真家だとか、そういった根性と意志にあふれたリアルな人たちではないかと思うのである。したがって何をやっても影の薄い当方としては、まことに申し訳なく思っている。気まずい。だから彼女が歌を口ずさみながら料理をしている光景は、わたしを安堵させる。どこでどう気持ちに折り合いをつけているのかは知らないけれど、とにかく今の彼女は「まああ」ご機嫌のようだ。

わたしの母が歌を口ずさみながら家事をしていた、なんて記憶は一切ない。黙々というよりは、突っ立ったまましばらく考え、それからあっという間に仕事を終えていた。あまり楽しそうではなかった。そんな光景をいつも目にしていたせいか、小さな声で歌いながら家事をする妻というのは、まるで舞台の上で幸せな妻を演じている役者のような気がしてくる。家そのものが舞台セットさながらのニセモノ感に満ちているので、なおさらそんな気持ちが起きてくる。でもそれは構わない。今のわたしは、ニセモノめいているからといって直ちにそれを否定するほどには苛立っていないので。

妻とソファとを結ぶ直線のちょうど真ん中あたりで、我が家の猫がだらしない格好で寝ている。この猫は生まれたときから室内飼いなので、外の世界を知らない。家の中が現実のすべてになっている。これまたリアルには程遠い生き方をしているわけで、家はいよいよニセモノめいてくる。妻も猫もわたしも、このまま居心地の良い舞台装置でずっと過ごせたらいいのに。

休日には、妻の運転する車で食材の買い出しに行く。明治屋とか新宿伊勢丹の地下とかへ行く、なんて書くと嫌味であるとか贅沢であるとか悪口がいろいろと聞こえてきそうだ。しかしこれは娯楽なのである。ああいったところで珍しい食材や一流の品、自慢の製品といったものが揃っている光景を目にすると、それこそ根性と意志にあふれたリアルな人たちが作り出したのだろうなあと、素直に感動したくなる。まあいいや、なんて腑抜けさとは程遠い姿勢で商品を開発したのだろうと思えて嬉しくなる。これもまたささやかな幸福である。

こうして書きながら、自分は結構幸せじゃないかと言いたくなってくる。いろいろと不愉快なことや辛いことはあっても、トータルとしては「まあまあ」じゃないかと結論づけたくなる。でもそうはならない。全然ならない。不全感がある。自分が子役であったと仮定して、結局は主役の座を射止められずに母をがっかりさせた十一歳の息子みたいな気分から決して抜け出せないからである（もし診察室で患者がそうした意味のことを言ったら、医師としてのわたしは、そのような特殊な親子関係のありかたはそもそもあなたが選択したわけでない。だからあなたが母を失望させたと悩む謂われはないのだ、と伝えるだろう。だが子役の喩えで申せば、わたしは既に子役としてプチ勝利は得ており、すっかり味をしめていた。その上での惨めな空振りだから、やはり自業自得なのである）。

分を弁えろとか、いい加減に自分を知れとか、そういった話に耳を貸す気はない。主役の座を得ていたら、大人になってからなおさら惨めな人生になった可能性が高いなんて話も関係ない。人生は平均的な水準の高さと最大に突出したときの高さ、その双方で幸福度は測られるのではないか。突出した最高点が低い人生なんて、不細工だがそこそこ金を稼ぐ男に対してホステスが「立派そうな方ね」などと口にする意味不明の褒め言葉と同じ程度の価値しかない。ついそう思ってしまい、だから自分で自分を苦しめる。

今さら思考法は変えられない。変えた「つもり」になって穏やかな表情を取り繕うような真似は散々やっている。となれば、あとは自己嫌悪や罪悪感や無力感を何度も頭の中でリピートさせ、弄び、自分で自分にツッコミを入れつつ感覚を麻痺させ、飽き飽きさせたほうが賢いのではないか。その行為は、１９０頁でもちょっと触れたマニ車方式である。

チベット仏教の仏具として、マニ車というものがある。回転するシリンダーの中にお経が封印してある。そうしてシリンダーを手で回すと、一回だけ回せばお経を一回唱えただけの功徳があるとされる。さまざまなサイズのシリンダーがあり、お経の数も種々様々である。大きなものは寺院に置かれ、いっぽう個人で持つ小さなものもある。チベットの老人は皆、赤ん坊が持つオモチャの「ガラガラ」のように右手で取っ手を握り、暇さえあればシリンダーを玩具よろしく回すという（紐で繋がったミニチュアの分銅を勢いよく周回させることでシリンダーが回る仕組みだから、手首をスナップするだけで回転が続く）。それでどんどん功徳が積まれ、極楽に近づく。

実に無精というか、お手軽な仕掛けである。土を数メートルの高さに盛って富士山に見立て、それを登れば富士信仰として富士登山をしたのと同じと見なす富士塚とか、この日に習い事をスタートさせれば籾の一粒が一万粒に増えるように上達するという一粒万倍《いちりゅうまんばい》日《にち》とか、そういった俗習に近いものであり、でもそのような正直さと本音に満ちたズルい道具としてのマニ車をわたしはまことに好ましく思う。驚いたことに、アマゾンで調べると沢山のマニ車が通販で手に入る。仏具や玩具として。

わたしの頭の中には、いくつものマニ車が埋め込まれている。そのどれもが、くるくると忙しなく回り続けている。ことに最近は回転速度が上がっている。でもいまだにわたしは懊悩から抜け出せない。

第七章

三分間の浄土

あまり言及したくないことなのだけれど、相続した家をリノベーションして住もうと決めたとき、心に引っかかる点があった。それは、今度の家が自分にとって最後に住む家になる可能性が高いという事実だった。

今までは借家住まいだったが、今度は所有者が自分になる。何かラッキーなことが起きて大金でも転がり込まない限り、新しくもう一軒、家を所有したり借りる余裕はあるまい。年齢的にも、これから引っ越す可能性はほぼない。通勤に便利なようにセカンドハウスを所持出来たらいいなとは思うが、そんな贅沢は無理である。別荘なんてものにも興味がないし、おそらく活用しきれないだろう。そうなると、厳密に言えば病院で息を引き取る率が圧倒的だろうが、それでもとりあえずここが「最後の家」となりそうだ。そう考えてみると、ちょっと気が滅入ってくる。お祓いとしての、自己救済の手段としての家が、わたし自身の死の気配を孕んでいるというのはいささか皮肉ではあるまいか。

妻に内緒で小さな部屋を借り、そこで独りぼんやりと過ごしたり原稿を書く、なんて秘密の二重生活――つげ義春の短篇漫画『退屈な部屋』（1975）みたいなことを夢想することはあるし、その気になれば実現は可能だ（場所は日暮里か根岸あたりが良い）。しかし今のところはまだ面倒である。あくまでも「やろうと思えば出来る」といった形でキープしておくことにしよう。そのような選択肢を胸の内にいろいろと持っていなければ、人生は窮屈でつまらなくなってしまう。

それにしても、今度の家はやはり死に接している。それは認めざるを得ない。

記憶に間違いがなければ、わたしが中学三年であった1966年に、NHKで『大市民』という単発ドラマが放映された。さきほどデータを調べてみたら、演出が和田勉、主演が植木等と左幸子。いかにも「通俗を装った芸術作品」といった嫌味で空回り気味の作品だったが、なるほど本当に芸術祭参加作品なのであった。高度経済成長期を背景に、団地に住む小市民一家を描いており、内容はほとんど覚えていないがたったひとつ印象に残っているシーンがあった。誰かが団地の一室で亡くなり、棺を運び込もうとするのだが共用の階段が狭過ぎて取り回せず、あちこちに棺がぶつかってしまい葬儀屋が苦労するという場面であった。今から思うといかにも「あざとい」演出であるが、当時のわたしにとってはボディーブロウのようにじわじわと心にダメージを与えてきた。あたかも滑稽なシーンを装っているところが、なおさら圧迫感を与えてきた。

我が家は古いマンションの三階にあるので、エレベータでなく階段のほうを使うときにはいつも、棺を運び入れたり運び出すのにスペースは十分だろうかと無意識のうちに確かめてしまう。そんなことを確かめるのはよそうと決めても、つい確認してしまう。和田勉の演出が、半世紀を隔てて呪いのように自分に影響を与えているみたいではないか。何だか腹立たしくなってくるのであった。

少しばかり、死について考えてみよう。

死というものに対して、わたしは二つのイメージを持っている。ひとつは、さながらテレビや電気炊飯器のコンセントを引き抜くような事案として死を捉えることで、電源が途絶えればそれですべては中断される。抜けたコンセントはそのままにされ再接続は不可、というのが自然界の絶対的なルールで、単純明快かつ公平な出来事ということになる。身も蓋もないが、透明感すら伴った「運命ないし生物界の掟」としての死である。それはそれで異存はない。

もうひとつは、人の心の浅ましさを拡大ないし析出させる機会としての死である。

足立区に、恐ろしい場所がある。何の変哲もない住宅地にそこは存在している。わたしは時間つぶしに見知らぬ道を選んでわざわざ迷ってみる趣味がある。その日も、適当に横道を選びつつ白昼の住宅街をうろついていた。人影はまったく見当たらない。春の真っ最中の薄曇りで、空は低く鈍い銀色に光り、湿度が高かった。

ふと見ると、道に面していきなり墓地があった。新建材を使った二階建ての住宅と住宅に挟まれて、二十五メートルプールくらいの敷地があり、そこに新しい墓石がいくつも据えられている。食器戸棚の中に位牌が置いてあるような唐突さに一瞬困惑したが、話の核心はそこではない。墓地とアスファルト道路とは低い塀で隔てられているだけである。そして墓石は正面をこちらに向けて据えられていた。

そこまでは、とりあえず問題はない。

いちばん手前の墓石が、あまりにも道に近過ぎるのである。線香を立てたらその煙が漂って行って、買い物袋をぶら下げた通行人へ纏わり付きそうなくらいに近い。墓参りに来た人物が、しゃがんで一心に拝んでいたら、その人の肩へ通りすがりのわたしはそっと手を置くことが出来るだろう（もしそんなことをしたら、墓参者はどれほど魂消ることだろうか）。それほどに墓石の位置が手前過ぎた。あまりにも常識を欠き、不自然な配置である。何だか生々しい感じが度を越している。

そんな様子を目にしたとき、わたしは墓石が群れを成して一斉に「ざざざー」っと道へ駆け寄ってきたような錯覚を覚えたのだ。たまたま道を通りかかった人間へ我先に縋り付こうとするかのように、墓石が集団になってすり寄ってくる——言葉で書けばむしろ間抜けで滑稽な印象になろうが、実際には、ゾンビの群れに襲われるような妙にリアルな気持ちの悪さを感じたのだ。おぞましい気分としかいいようがなかった。

なぜ、あんな道ぎりぎりの位置に墓石を据えたのだろうか。おかしいじゃないか。なるべく多くの墓を作るための、安易で無分別なプランの結果だろう。墓石は新しかったから、昔からあった墓地を削り取るように道路が無理矢理整備されたわけではなさそうだ。事情は分からないけれども、いずれにせよ、人間の「欲」がこのような異様な墓地を作り上げたわけである。わたしはいささかうろたえつつ、「ああ、ここに浅ましい精神が降臨している」と思わずにはいられなかった。

高井有一が雑誌『風景』昭和四十二年十二月号に発表した「草の色」という短編小説がある。語り手は東京の郊外にある私立高校三年生の「私」で、大学受験に備えて勉強をするべく級友たちと図書館に集まっていた。といっても勉強にはさっぱり身が入らない。さすがにこれではまずい。閲覧室の隅で「私」たちは屈託を抱えつつ、(表面的には能天気に)雑談をしていた。もう十二月、しかも陽が落ちかけているのにそうやって無駄な時間を過ごしていたのだ。

やがて図書館の中でちょっとした騒ぎが起きる。竹繁という二年生が、まさにいきなり、ついさっきまでは元気だったのに〈ギリシア思想研究会〉の例会を終えた直後に胸を押さえて倒れ、そのまま急死してしまったというのだ。いわゆる頓死《とんし》というやつである。既に心肺停止している竹繁の身体は、ベッドもソファもなかったので仕方なく大きな机の上に横たえられ、誰かが校医を呼びに行っていた。が、もはや手遅れなのは明白だった。

ほんの一瞬、遺体となった竹繁が別室で横たわっている光景を目にした「私」たちは、受験への不安と突然の死の出現によって激しく動揺する。仲間たちで再び集まり、すると誰もがいやに饒舌となるのだった。


「あいつ、きつと心臓麻痺だな、俺、見た事があるんだ」

と得意げに言ふ者があつた。

「小学校の時にな、運動場で倒れちやつた奴がゐるんだ。ひつくり返つたと思つたら死んでたよ。呆気ないもんだな」

笑ひが湧いた。乾いた笑ひであつた。

「人間が一生の間に出来る事つていふのは、誰でもそんなに違ひはないんだつてな」

さう言つたのは辻である。彼は机の上に腰掛け、煙草を喫つてゐた。

「だからさ、若い内にあくせくやる奴は、早死しちまふんだ。竹繁みたいにな。考へてみれば、あいつ、莫迦な事をしたもんだ。死んで花実があるものか、だよな」

また皆が笑つた。しかし、それは前の笑ひよりも更に上ずつて、故意に感情をかき立ててゐる風があつた。

「まあ、いいさ。心臓麻痺なら、一発で死んぢまふんだから。脳溢血みたいに、よいよいで何時まででも生きているなんて、みつともない事にはならずに済むからな」

それから暫く続いた肌触りの粗い遣取りを、私は今でも、殆ど正確に思ひ出す事が出来る。私も含めて、其処に居合せた者が、際だつた悪意を竹繁に対して持つてゐたのではない。私たちはただ、唐突に眼の前に立ち現れた死を、どう迎へてよいのか判らず、これまで自分が死について見聞きしたあれこれを、洗浚ひ喋つてゐたに過ぎなかつたらう。誇張し、笑ひに媚びたのは、自分の言つてゐる事に、何一つ自信が持てなかつたせゐである。

死の毒々しさの前では、誰もが浮き足立ち、しばしば余計な振る舞いや「ろくでもない」話へと人を駆り立てる。これまた我々の心の浅ましさを炙り出している。父が亡くなって斎場へ行ったとき、ロビーで三十前後の喪服の婦人が文字通り泣き崩れる場面を目にしたことがある（当方の葬儀とはまったく関係のない別の家族であった）。それを見て、そんなにドラマチックに振る舞わなくてもいいだろうに、見苦しい奴だなとわたしは苦々しく思った。ずいぶん鬼畜な発想だが、そんな考えを抱かせかねないほどの大仰な取り乱しようだったのである。もちろんどんな事情が彼女にはあったのか、それも知らずに非難がましい目を向けるわたしこそが指弾されるべきである。だがそういった攻撃的な発想に陥ってしまったのは、今になって考えてみればわたし自身が「死」というイベントで動揺していたからでもあった。動揺して、つい心の醜さが露呈してしまった。自業自得であるものの、まるで「死」に嘲笑されているかのような憮然とした気分が生じてくるのである。

岡山に行ったとき、バスの窓から死体を目撃したことがある。夏であった。道路の端に歪んだバイクが横倒しになっていて、その先の路肩でライダーが捨てられた人形のように倒れ伏せていた。ヘルメットの隙間から血が流れ、姿勢もどこか不自然で力が抜けており、とにかく全体としてもはや生命が失われているとしか見えなかった。たぶん道路に放り出されていたのを、危険だからと近くの人々が路肩まで運び、あとは救急車が来るのを待っている気配だった。老婆が数人と中年男性が二人くらい、ライダーを見下ろしながら心配そうな、ちょっと困った顔で佇んでいた。

わたしはその光景を目にした瞬間、おそらく死んでいるだろうなと直感しつつ、ひょっとしたら自分はとんでもない思い違いをしているのかもしれないと落ち着かない気分に支配されていた。あのライダーは、たんに腹でも痛くて横たわっているだけで、それを死体と間違えるなんてわたしの心に異常があるのではないのか。率直に言えば、死んでいたら嫌だなと考えるいっぽう、死体を見てしまったという「特別な」体験にささやかな魅力も覚え、そこでわたしは感情がぐらついていたのだった。

それなのに、いやに派手な身なりの中年女性がやはり窓から同じ光景を見てしまったらしく、

「え、死んでるわ！　やだ、えらいものを見ちゃったわあ」

と大きな声を張り上げたのだった。

一瞬、バスの中に緊張した空気が走り、窓に向かって急いで首を伸ばす者もいれば、我関せずと頑なに姿勢を変えない客もいたりと、ざわついた。露骨な好奇心と、死を忌避する心との葛藤に誰もが捕らえられていた。その間にも、バスは事故現場からみるみる遠ざかっていく。声を出した女性は、さかんに連れと興奮した様子で喋っている。現在だったら、電光石火の早業でスマホを取り出し、道路の端に横たえられたライダーの姿を窓越しに撮影していたのではないだろうか（当時はまだ携帯電話が主流で、写真を気安く撮るような習慣はなかった）。

彼女を無神経な奴だなあと蔑みつつ、彼女の声によって「案の定、あのライダーは死体だったのだな」とわたしは確認し、それは「現実はやはり現実以上でも以下でもなかった」という妙な安心感につながったのだった。考えてみれば彼女の声はわたしの期待に応えてくれた声だったのだ。つまり自分だって十分に無神経だったわけであり、そのような下品さ、浅ましさは道路際の死体によって当方から引きずり出されたのだった。

と、そんなふうに考えを巡らせてみると、死には卑俗で不浄きわまりない側面も備わっているように思えてならない。いったい死は、無色透明でニュートラルな現象でしかないのか、それとも不浄で卑俗でグロテスクな出来事なのだろうか。

Sという青年がいた。背が低く、子どもみたいに見える。統合失調症を患い、一時は誇大妄想が出現して女性タレントをストーカーし（前世から、互いに結ばれるべく運命づけられていた、と）、警察に拘留された。そこから強制入院を経て、今では生活保護を受けつつ病院の近くのボロアパートに一人で住んでいた。

幻覚や妄想は服薬によってなくなり、だが性格は軽く薄っぺらになり、いつもへらへらとした調子で他人から嫌われていた。本人のせいではなく病気の産物なのだけれど、わたしの外来に通ってくるときでも、「あれ、今日は先生ネクタイしてますね。へえ。モテようと思ってるでしょ」などと馴れ馴れしい態度を示して疎ましくなる。正直なところ、微妙に人の気持ちを苛つかせるところがあった。

親に事実上捨てられ、施設育ちであった。きちんとした教育も受けられず、世間を要領良く生き抜くスキルも身に着け損ね、せめて愛嬌でもあればどうにかなったのにそれすら弁える事が出来なかった。自分勝手で自制が効かず、だからデイケアや作業所にも適応出来なかった。友だちなんかいない。それでも、暇を持て余した挙げ句、毎日病院に来てはうろうろしていた。商店街では、万引きで出入り禁止となった店が何軒かあった。

そんなSが、急死した。福祉の担当者がアパートへ定期の訪問に訪れ、そこで遺体を発見した。死因は薬物の過剰摂取による呼吸抑制である。空気の充満した部屋の中で窒息死したわけで、自殺ではなかった。眠れないからと薬をデタラメかつ余分に飲んだら、呼吸運動がストップし、同時に意識も遠のいた。みるみる顔は白くなり、やがて全身を小さく痙攣させてから心臓も停止し、最後には脳内の情報がすべて消失した。それだけのことであり、一種の事故扱いとなった。

変死体として司法解剖を受けた後、通院先である精神科病院の地下の霊安室に遺体は安置された。元主治医として霊安室へ出向くと、そこに居たのは人の良さそうな福祉の担当者と、別の医師のもとへ通院していた若い女性患者、その二人だけだった。女性患者のほうは、Sの友人だったわけではないが彼の境遇に同情しており、母性的な親切心でSを気に掛けていてくれたのだった。

結局、わたしを含めて三人だけでSを見送った。親族はいないし金もない。福祉としては最低料金で葬儀を負担する。質素というよりは、過剰な感情発露とも「しがらみ」とも無関係な、いわばミニマリズムとしての弔い、淡泊きわまりない葬送が営まれたのだった。

にもかかわらず、参加した当方としては、ドライで透明感のある別れであったとは感じられなかった。線香の煙のせいだったかもしれない。どうしても情や縁、慣例や習俗といったどことなく暗く湿った空気がまとわりついてきて、それが九相図《くそうず》だとか地獄絵図のような土俗的な怖さを引き寄せる。死後のSは、いったいどうなってしまうのか。

灰になったSは、無縁仏みたいな墓に入れられたのだろうか。足立区で目にしたあの道路ぎりぎりに躙《にじ》り寄った墓石の風景――あの墓のどれかにSが葬られているのだとしたら、わたしは「ああ、いかにもSの墓だなあ」と納得してしまいそうだ。

中学生の頃、母は睡眠薬のブロバリンとアルコールで毎晩酩酊しており、呂律の回らない彼女に「からまれる」のが嫌で仕方がなかった。そのことは既に記しているが、おまけに母はときおり呼吸停止をきたした。死神なるものが存在するなら、中学時代の我が家では死神が楽しげに大鎌の手入れをしていた筈である。

近いうちに、きっと母は死ぬだろうと思っていた（にもかかわらず母は九十一歳まで生きた。認知症にもならずに）。彼女には自殺をするつもりはなかったと思われるが（性格から推測するに、中学生の息子を残して自殺をするのは卑怯と考える筈だ）、死と戯れるような真似を繰り返していた。強烈な不安にわたしは曝されていたが、今になって考えてみると、その不安とは単に母の死による喪失感や寂しさを先取りしての感情ではなかった気がするのである。

では何を恐れていたのか。

通夜だとか葬式だとか骨上げ、会葬者への挨拶、墓参り――そういった形式化されたプロセスがひたすら恐ろしかった。そのような慣習と伝統と「当たり前」に属するすべてが、そのまま土俗的なカオスへわたしを引きずり込もうとする罠のように思えたのだ。得体の知れぬ辺境の村に踏み込んだらそのまま二度と村から出られなくなるといった設定のB級ホラーがあるが、あれに近い感覚を持っていたのだ。そして母もまたそのような村に永遠に幽閉されてしまうように思えてならなかった。その土俗的カオスには狂気もまた含まれている。わたしが精神科医になった理由のひとつは、いっそ自らそうしたカオスと向き合ってみようという居直りだったのかもしれない。

土俗的カオスには、泥臭いセンスや頑迷で押しつけがましい態度、鈍感で羞恥心を欠き排他的な精神が宿っている。嫉妬と悪意、無知と傲慢さとが混入している。実に単純な図式だけれど、母をそのようなものと対立する存在としてわたしは認識していた。だから母の死は、数珠つなぎのようにして自分もまた土俗的カオスに呑み込まれてしまうことを意味していた。

実はこの妄想的な感覚は今でもなお持続している。わたしは世間をいまだに土俗的カオスの延長と思っているので日々その気配を微妙に感じとってはたじろがざるを得ない。自分の家に引きこもり、それでやっと安心するようなところがある。他人も恐ろしい。わたしのことを社会不適応気味の変人と思っている人が多いようだが、それは世間そのものがホラーに近いと心のどこかで思っているからだ。誤解されるのは仕方がない反面、心外でもあるのだ。

死がニュートラルで透明で無味無臭の蒸留水みたいであったなら、わたしはそれに恐怖を覚えないだろう。だが現実には、それはかつて田舎の農家にあった古い汲み取り式便所のように気持ちが悪い。汲み取り便所に溜まっているのは自分の腹の中にあるものと同じであることは判っていても、やはり耐え難い。死がそのようなものであるとしたら、それが次第に自分に近づきつつあるなんて「おぞましい」。

だが、わたしは死に対して心を鎮める方法を編み出したのである。いや、気付いたと表現するべきか。お祓いをするように死の恐怖から目を逸らせる方法を。

それをここに書くと、おそらく嘲笑されるだろう。しかしわたしにとっては切実かつ効果的なのだ。だからあえてここに書き記しておこう。馬鹿にしてはいけない。

詩の力としか言いようがないのだ。ある種の詩は、内容においてAはAであるとしか述べない。同義反復、当たり前、呆気ない、くだらない、無意味――そのようなものでしかない。存在意義があるとしたら、それは「わざわざ」その詩が作られたという事実でしかない。それ以上の価値も効用もない。そうした詩は、役立たずとか馬鹿馬鹿しさの文脈において、たぶん自分の生と同じだと思う。そして死とは、その詩が印刷された本を閉じることでしかない。そんなふうに考えるとわたしの心は慰められる。

詩にもいろいろな形があるわけだが、ことに俳句の一部には、その飄々とした俳味がわたしに安心感をもたらしてくれる。例を示そう。

消火器に消火器とあり画廊冷ゆ　（榮猿丸）

サヨナラ勝ちサヨナラ負けの晩夏かな　（岡﨑るり子）

今朝冬の富士の見えたる富士見坂　（岡﨑るり子）

春雨の肉屋に肉の並びけり　（皆吉司）

印度から印度人来る夏館　（寺澤一雄）

爪切つて爪切仕舞ふ秋初　（寺澤一雄）

踏切に秋の踏切番がをり　（仁平勝）

滝でなくなるまで滝に近づきぬ　（斉田仁）

これらの句が作品としてちゃんと成立する不思議さにわたしは感動する。無意味であることが恥ずかしくもなければ敗北でもなく、「ただそれだけ」という事実には日常の常識に対して関節外しのように作用したり、笑いを誘ったり、ときには深い思索へ誘ったり、品位を感じさせたりすることすらあるのだ。そうした豊かさがわたしを慰める。野卑《やひ》で泥臭く土俗的な要素も、世俗的な「あざとさ」も、気取ったウィットも、それらのすべてを跨ぎ超える形でさりげなく作用する詩心が確かに存在する。

たった一行の詩が救済の役目を果たすこともあるのだ。

ついでに言い添えておくなら、どうも風邪を引いたみたいだ、葛根湯を飲んでも症状はこれからどんどん悪化しそうだぞと感じたときには、わたしは書店で適当に句集を買って帰る。明日は絶対に欠勤するわけにはいかないといった状況だったらさっさと寝てしまうが、明日は休めそうだと分かったら、次第に体調が悪くなっていくのを実感しながらベッドで句集を読んでいくのである。

いつでも途中で止められるし、体力を要さない。風邪症状で少しずつ「よるべない」気分になりがちなところを、俳諧の軽みでバランスを取る。しかも詩としてのささやかな奇跡に出会って「しんとした」気持ちになれるかもしれない。風邪と句集の組み合わせは、ちょっとスリルの要素が混ざった娯楽なのである。深刻な病気で入院することになっても、句集は必需品になりそうだ。

死刑囚はしばしば獄中で短歌を詠むようだが、俳句を作る死刑囚をわたしは知らない。罪を背負った罪人が飄々としてしまったり救済されたりしてはまずいからなのかもしれない。

死そのものを救いの一種と見なす考え方があるじゃないか。その気持ちには、確かに賛同したくなる部分があるし、そういったことを考えれば死への怖れも軽減するだろう。

寒い朝にベッドから出て、まだ暗いうえに凍るような戸外へ勤務のために出掛けるのは本当に嫌だ。酷暑の中、日陰すらない道を歩かねばならないシチュエーションには「何の罰ゲームなんだよ」と悪態を吐きたくなる。図々しい奴、卑しい奴、常識知らず、恥知らずの連中とこの同じ世界を共有していることには、心の底からうんざりする。そうした諸々から縁を切れるとしたら、死はそれこそ喜ばしい、まさに祝福すべき出来事だろう。それと引き換えに、諦めなければならない事柄もいろいろあるだろうが。

少なからずの自殺者たちも、似たようなことを考えての挙げ句の自死ではないだろうか。世界のすべてに向けて中指を突き立てながら死んでしまいたくなることは、一週間に三回はある。さっさとこの世から縁を切りたい。でも、もう少し現世で抵抗し、悪足掻きや意趣返しをしてやりたい気もあるのだ。そうでないと、全知全能の神だか運命の神に、一方的に弄ばれただけのようで不愉快だ。完全な負け犬になってしまうではないか。ふざけんな、性悪なクソ神どもが。

救いとしての死といった考え方においては、先に死んでいった人たちとの再会を期待する向きもあるだろう。彼岸での再会は確かにロマンチックではある。

藤枝静男の短篇「一家団欒」（1966）では、藤枝に相当する人物「章」が病院で亡くなり、内臓や目玉は医療のために提供した後に、いわば幽霊となって彼は墓へ向かう。やがて章は、かねて自分が目的としていた場所にたどりついた。それは、小さな寺の本堂のわきの軟らかい毬を一面にならべたような美しい茶畑にかこまれた、あまり古くない彼の家の墓場であった。

「とうとう来た。とうとう来た」

と、彼は思った。すると急に、安堵とも悲しみともつかぬ情が、彼の胸を潮のように満たした。彼は、父が自分で「累代之墓」と書いて彫りつけた墓石に手をかけて、その下にもぐって行った。

四角いコンクリの空間のなかに、父を中心にして三人の姉兄が坐っていた。二人の弟妹は、かたわらの小さな蒲団に寝かされていた。（※引用者注・弟妹はそれぞれ一歳で亡くなっている）

（中略）

「章が来たによ」

と父が云った。入り口近くに坐っていたハル姉が、すこしとび出したような大きな眼で彼を見あげて

「あれまあ、これが章ちゃんかやあ」

と叫んだ。柔らかな丸味のある懐かしい声が、彼の身体全体を押しつつむように響いた。

こうして再会を果たした一家は墓の下で仲睦まじく語り合い、章は「父ちゃん、僕は父ちゃんに悪いことばかりして、悪かったやあ」と懺悔して涙を流す。一家は透明な姿で、真夜中に行われる田踊りに似た「火踊り」を見物に出掛け、また一家ぞろぞろと墓へ戻ってくる。小説の最後の一行は、火踊りの囃子の擬音で締め括られる。「デンデコ、デコデコ。デンデコ、デコデコ」

この突飛な小説には、まぎれもなく救いとしての死が描き出されている。もはや不安や脅威のない永遠の家族であり、わだかまりも罪悪感も浄化される。死んでよかったじゃないかと言いたくなってくる。でもわたしは墓石の下における藤枝静男たちの光景（それは土俗的カオスの香りが濃厚なのだけれど）に憧れると同時に、自分の両親と再会したいと

は思わない。懐かしくはあっても、一緒に永遠に暮らすのは嫌だ。

たぶん母は死んだわたしを優しく労ってくれるだろう。


「あなたも大変だったわね。よく頑張ったわね」

「頑張ってなんかいないさ。いや、どう頑張ればいいのか、それすら分からなかった。空回りの一生だったな」

「そんなこと言うもんじゃないわ」

「じゃあ、どう言えばいいんだよ。孤立無援の無駄な人生を自画自賛しろとでも？」

「ここでずっと応援していたのよ、あなたのことを」

「うるせえな。俺のことを気に掛けてくれたんなら、助け船でも出してくれりゃいいじゃないか。結局、空っぽの人生を送って、散々惨めな思いをしただけさ。むかつくったら、ありゃしない」

「…………」


母の期待に応えられなかった自分の惨めさを、怒りの形でしかぶちまけられないだろう。いい歳をして、おまけに死んでもなおそんな調子だろう。

いっぽう父のほうは、こちらに背を向けたまま、黙ってポケット版英和辞典で言葉を探している。我関せずの態度で。

父が英和辞典を手にしているのには理由がある。

亡くなった父を火葬にする前日、葬儀屋が、お棺に故人の愛読書とかを入れておくといいですよと助言してくれたのだった。ただしあんまり厚い本は困りますけどね、と。

なるほどそりゃそうだということで本を棺に入れることにしたものの、いざとなってみると、父の愛読書とは何であったのかが分らないのである。思い入れていた作家も誰だか分からない。読書好きだったことは確かだったが、好きな作家、好きな作品を知らないことに気付いて愕然とした。

わたしが高校生の頃に、安部公房の新刊『燃え尽きた地図』を父が読んでいて、読み終わったのを今度はわたしが読んで、理由も判然としないまま妙に気持ちが不安定になった覚えがある。だがその本はもうない。あんまり好きじゃない作家や作品と一緒に火葬されるのも迷惑だろうし、困り果ててしまった。とうとう苦し紛れに、父が認知症になってからもまだ愛用していた薄いポケット版のコンサイス英和辞典を棺に納めることにした。かなり使い込んであり、アンダーラインも沢山引かれた辞書であった。

しかしあとになって考えてみると、英和辞典を片手に三途の川を渡るというのもどこか間抜けである。まさか閻魔大王が英語で喋りかけたりもしないだろう。ああ、こんなときでさえオレは満足に課題を処理出来ないのだなあと自己嫌悪に陥った。その自己嫌悪はずっと持続していたのだけれど、なるほど父が墓の下での無聊《ぶりょう》を慰めるには好都合かもしれない。

というわけで死後の父はコンサイスを手に背中を向けているわけである。

いずれにせよ、わたしにとって死後の世界が「家族との再会」を叶えてくれる場所とは思いたくない。再会が楽しみだとしたら、それはかつて飼っていたり親しんでいた動物である。

「わんわん」

「にゃあ、にゃあ」

犬や猫や亀。彼らのちょっと頼りなげな顔つきを見た途端、おそらくわたしは嗚咽しそうな気がする。それはわたしの心が優しいのではなく、ただ一方的に、自分自身の不安感と「よるべなさ」に満ちた人生を動物たちへ勝手に重ね合わせて感無量となっているだけなのだけれど。

もしもあらゆる再会が冥土では可能としたら、たとえば小学校六年生のときに校庭から見た七月の午後の空——雲が複雑に重なり合い、じっと見ていると江ノ島の海岸風景そっくりになって驚いたあの空とも再会出来るのだろうか。さもなければ、児童館の屋上から自作の望遠鏡で周囲を覗いていたとき、ある家を囲む石塀の上に青っぽい色の石が一個置かれているのを発見したことがあった。宝物のような気がして、さっそくその石を手に入れようと走って現場まで行ってみたがなぜか石は見つからなかった。あの青い石とも再会出来るのだろうか。あるいは中学生の時に筑波山に登ったが、天辺で出会ったチロル帽の男性が歌手の丸山明宏（現在の美輪明宏）そっくりの顔をしていて面食らった。あれはやはり別人だったのか、それとも本人だったのかを再会して確かめられるだろうか。

さらには、建物や町並みとも出会えるだろうか。あの黒く塗られた馬鹿でかい洋樽を店にした「ＢＡＲ大樽」や、ぐるぐる回転して床が下がってしまう仕掛けの後楽園のビックリハウス、緑色のトロリーバスと当時の新宿の風景、そうしたものとも再会し追体験をしてみたいものだ。

再会の特典があるのなら、死んで彼岸へ行くのは楽しみで仕方がない。それでもわたしは両親とは会わないだろう。母も、もはやもう一度死ぬことはないわけだから、当方の不安感も生じずに済む。憧れるねえ、死後の世界。

とはいうものの、一ヵ月もすればノスタルジーも味わい尽くしてしまいそうだ。あとは不安も不快もないが退屈な日々となってしまわないか。いや、同じことが常に新鮮に感じられるような世界なのかもしれない。ちょっと素敵に思えるけれど、同じことを延々と繰り返していても飽きないわけで、その平然と反復を繰り返している姿は客観的には異様に映るかもしれない。まるでＰＴＳＤみたいに。

本人がそれで「うんざり」しないのなら結構かもしれない。でも、やはり釈然としないのである、死後の世界は。

母と会いたいとは思わないと言ったばかりなのに、彼岸で彼女に会って直接確かめたいことがあったのを今ここで思い出した（第一章で述べた美容師の件も、ぜひ確認したいところではあるが）。

医学部の二年生のときである。

わたしは自分の部屋のベッドの上に、服を着たままうつ伏せになって眠っていた。時刻は夕方で、室内は薄暗かった。疲れていて、うたた寝をしていた。

ちょうど目を覚ましかけたときに、母が室内に入ってきた。何の用があったのかは分からない。わたしが部屋で寝ていたのはたぶん知っていた筈である。わたしは母に気付いたがタイミングが悪く面倒なので、そのまま眠っているふりをしていた。ベッドの脇に立った母は、だらしなく眠っている（ということになっている）わたしをしばらく眺めていた。狸寝入りであったのを見抜いてはいなかったと思う。やがて母は低い声で、

「思ったことは、あなたなら必ず出来る筈だからね」

と囁いた。わたしはいささか困惑しながらも、そのまま寝たふりを続け、母はすぐに部屋から出て行った。

彼女の言葉の唐突さに、わたしはうつ伏せになったまま混乱させられていた。わたしが何かにチャレンジして挫折し、すっかり意気消沈し、自室で涙を拭いもせずに寝入っていたというのなら、母の台詞には納得がいく。だがわたしは別に前向きなことなんて何もしていなかった。野心満々なんてわけでもなかった。毎日が楽しく充実していたわけではなかったけれど、苦渋の日々でもなかった。そんな当方に、彼女の台詞は不似合いではないか。あれが母親なりの愛情の示し方だったのだろうか。

あとでさりげなく母に真意を問い質してみれば良かったのかもしれない。でもわたしはあの台詞が次第に現実ではなく、自分が寝惚けていたための錯覚のように感じ始めていた。もしあの台詞が実は朦朧状態における自分の言葉だとしたら、それはすなわち自分の願望を披瀝することになってしまうだろう。気恥ずかしいではないか。というわけでわたしは黙っていた。彼女も、部屋に入ってきたことについて何も言わなかった。

物事が思い通りにならないとか挫折しそうとか、そういったときではなくむしろ平穏なときに、十年くらいの周期であの台詞をわたしは不意に思い出し、なぜこんな言葉を思い出したのだろうと訝ってきた。そしてまたすぐに忘れてしまった。そうして母は老いて死んでしまった。

彼女こそわたしに何らかの誤解をしていたのかもしれない。それはそれで構わないが、十年周期くらいで思い起こすというのはどのような意味を持っているのだろう。ある種の予言のような気もするし、わたしの心の奥に深く染みこんだからこそ、何かの弾みで不意に想起されるのではないか。さもなければ、この台詞にいわば扇動されて、わたしは分不相応な企みをしては挫折を繰り返す結果となったのではないか。母へ「あなたの言ったことは、やはり本当でした」と呟ける境遇になれればいいだけのことなのだが、そうならないところが実に困ったところで、結果的には一種の呪縛みたいなものになってしまった気もする。

母の台詞――「思ったことは、あなたなら必ず出来る筈だからね」が、わたしの人生というドラマにおいてきちんとメッセージとして作用して完結するのか否か。そんなふうにシリアスに捉えると、母もずいぶん罪作りな人だなあと溜め息を吐きたくなるのである。期待に応えられなかった自分、というシチュエーションは本当に辛い。

もっとも、母に面と向かって尋ねてみれば、「あら、そんなこと言ったかしら」と拍子抜けの返答をされそうな気もする。死ねば何もかも疑問が解けるわけでもあるまい。それこそテレビドラマとは違うのである。

やはりあの世で母と再会するのは止めておこう。それに彼岸の世界は、リゾート地や高級老人ホームとは違う筈だ。もっと個人的で断片的で偏執的なものではないのか。根拠はないが、楽園というよりも（地獄の可能性だってあるだろうが）高熱でうなされている最中に見る夢に近い気がするのである。もし母と再会するとしたら、おそらくわたしの冥途は母との再会というその一場面だけで構成された狭く息苦しい世界に限定されてしまうのではないか。そこから抜け出せないまま無限の時間を過ごすのは、遠慮したい。

となれば、どのような死後の世界が望みなのか。

わたしには、自分なりに考案した浄土のイメージがあるので、そこへ自分自身を委ねたいのである。では、わたしにとっての浄土とはどのようなものであるか。それを、以下に説明したい。

インターネットには短時間の動画、いわゆる《Ｙｏｕ Ｔｕｂｅ》と称するものがある。あれに準じたおよそ三分程度のシーン、そこへわたしは入り込む。そうして三分間のお気に入りのシーンを未来永劫反復する。それこそが自分にとっての永遠の住処であり浄土なのである。

エンドレスのフィルムと同じで、ただただ反復されるだけなのである。それを馬鹿馬鹿しいとか単調であると否定的に捉えてはいけない。生者の世界だって、実際には反復と相似で成り立っているだけだ。しかも不確定な罠や陥穽を伴って。わたしの浄土は、心地よいうえに安心感がある。いやそれどころか「ときめき」までが封印されている。

もちろん現実のネットに接続するわけではない。まあ神々のネットということになるのか。人間には決して閲覧出来ないＹｏｕ Ｔｕｂｅというわけである。

今のところ、とりあえず三つのシーンが我が浄土として候補に挙がっている。それぞれを順に紹介しよう。

まずひとつは、幼少期の古い記憶に基づいている。

【青い耳】

両親の証言から推測すると三歳以前の出来事である。

〈……おそらくわたしにとってもっとも古い記憶である〉

どうやら夏の夜らしい。

〈……思い出そうとするだけで、日中の、どぎつい太陽光に支配された眩しさとの落差が蘇ってくる〉

半月が黄色く中天にあり、星々が光を放ち、ときおり流れ星が漆黒の空間を横切る。そのような頭上の眺めは、わたしの心を解放するのではなくむしろ孤独感を強く覚えさせた。雄大な夜空の広がりが、自分のちっぽけさをますます強調してくるのだった。

場所は幼児期に短期間だけ住んでいた田舎で、そこには玩具のような国鉄の駅がある。もう終列車が走り去ってしまっている。駅員の姿もなく、駅舎は真っ暗だ。

〈……その田舎が、わたしは嫌で仕方がなかった。自然の生命力に圧倒されていたのだ〉

駅前には寂しい広場があり、踏み固められた土が広がっている。人の気配はない。地面には月明かりでタイヤの跡がいくつも見て取れる。古い枕木で作った柵があり、線路や架線が闇の奥で銀色に光っている。樹木は黒い塊だ。猫の姿すら見当たらない。広場に面して店や家屋が建っているわけではない。ただしバスの停留所があり、粗末なベンチがぽつんと置かれている。虫の鳴き声が聞こえ、防犯灯が濁ったような貧乏臭い光を放っている。まことに寂寥感に満ちた眺めである。

〈……たぶん、そのときわたしはまだ寂しいという言葉を知らなかったような気がする〉

駅舎の近くには木造の、日通（日本通運）の小さな倉庫がひっそりと建っている。素っ気ない古びた建物で、まるで消防ポンプの格納庫のようだ。観音開きの扉は、如何にも大げさな錠前で鍵を掛けられている。

その日通倉庫の焦げ茶色で「のっぺりした」側壁――そこにはまるで気取ったバーか劇場のように、青いネオンサインでくっきりと文字が浮び上がっているのだ。いささか「ちぐはぐ」な眺めであるものの、わたしにとって駅は特別な場所であり、その周囲にはどんな変なものがあってもおかしくないと認識していた。幼いわたしは誰かに背負われ、その人の肩越しにネオンを見つめている。十メートルばかり離れた位置だ。文字だということは分かっているが、まだ平仮名も片仮名もアルファベットも知らないわたしには読むことが出来ない。

だが自分と自分を背負ってくれている人（その人は無言だが、信頼に足る人物であることをわたしは承知している）以外は誰もいないこのシーンで、わたしは夢中でネオンを見つめている。ネオンからは、微かに雑音が聞こえ、それは虫の鳴き声と区別がつかなくなっている。

〈……背負ってくれている人に頼んでネオンに近づき、ネオン管が熱いものか冷たいものなのか確認することも出来た筈なのに、そんな気持ちはまったく起きなかった〉

何てきれいな青色だろうと息を呑みながら、わたしはネオンに見とれている。

〈……その青は、群青色 Bleu de Matisse と呼ぶべきだろう〉

透明感を持った青。真夏だというのに夜中の空気は妙に爽やかで、ラムネの気泡があちこちに立ち昇っているような涼しげな感覚を伴っている。もはやわたしは恍惚としている。誰かに背負われたまま、闇の中で青く発光しているこのネオンよりも美しいものなんて世の中にあるのだろうかと考えている。

〈……青いネオンは、ドロップやソーダ水やゼリーと同じカテゴリーに属しているとわたしは信じていたような気がする〉

わたしを背負ってくれている人は、何も喋らない。だがわたしが青いネオンに心を奪われていることにはちゃんと気付いてくれている。だからその場から移動しようとはしない。辛抱強く、立ち続けていてくれる。

ふと視線を動かすと、背負っている人の耳たぶが透けてネオンの青に染まっているではないか。青く半透明になっているのだ。わたしは息をひそめ、青い耳たぶに触れてみようと背後からそっと手を伸ばす。

——そのような三分間相当のシーンが、浄土の第一候補である。

【鰻屋の二階】

次は、いきなり下世話になる。時代劇の映画にしばしば出てくる場面である。

江戸時代。わたしは剣の腕に優れた浪人である。ときおり用心棒稼業で金を稼ぐ。設定は初夏の晴れた昼下がりで、暑い。

〈……すべては、まるで昭和三十年代の東映の天然色映画みたいな色彩で満たされてる〉

川沿いに、鰻屋がささやかな店を開いている。埃っぽい道に面し、この店以外に建物は見当たらない。一面に野原が広がり、きらきらと川面がきらめき、ときおり風が吹き渡って草を軽くざわつかせる。遠くには、鮮やかな緑の山並みが見える。目を凝らせば、蛇を咥えて飛ぶ鷹の姿も見える筈だ。

わたしは店の二階の座敷で酒を飲んでいる。鰻の白焼きもある。壁には何人もの血を吸った刀が立て掛けてある。他に客はおらず、店の者は昼寝でもしているかのように動く気配を感じさせない。

〈……懐には、人斬りで得たばかりの小判や一分判金、二朱銀などが納まっている〉

浪人者のわたしは、鰻屋の二階で情婦を待っているのである。常磐津の師匠で色年増の彼女は、女優の宮園純子（かつてテレビの水戸黄門で、風車の弥七の女房、霞のお新を演じていた）にそっくりである。しかもわたしに惚れ込んでいる。わたしは昼間から、彼女と性交をするべく待ち構えている。隣の部屋には蒲団が敷いてある。初夏の光の射し込む二階で、川風が吹き抜ける場所で汗まみれの濃厚なセックスをするのだ。

〈……もちろん彼女はとんでもなく床上手である、呆れるほどに〉

彼女が来たら、まあ一杯飲めと酒をついでやろう。店の者に料理を運ばせ、まずは腹ごしらえだ。鰻の蒲焼きは彼女の好物であった。甘辛いタレで湿った彼女の唇はますますわたしを興奮させるだろう。軽く酔った彼女は、いつにも増して淫らになるだろう。

〈……わたしは性交に差し支えないように、酒量を控えて待っている〉

やがて階段を上ってくる軽やかな足音が聞こえる。そのちょっと独特なリズムで、彼女がやって来たのだと分かる。剣豪として少しは知られたわたしなのに、柄にもなく、「来た、来た！」と胸を高鳴らせて階段の上がり口へと顔を向ける。腰を浮かせたくなる。でも、わざと落ち着き払った態度で自堕落に片膝を立て、わたしは気怠そうに杯を手にしている。

〈……世知に長けた彼女は、そんなわたしの心の動きを見透かしているに違いない。そのような確信が、なおさらセックスを濃厚なものにするだろう〉

ああ、用心棒稼業の立ち回りよりも、よほど心の奥底から突き上げるものがあるじゃないか！

――以上のシーンである。彼女と実際の性交に及ぶ必要はない。彼女もまだ姿を現していない。だが期待に胸が高まる瞬間、それが永遠に反復されればそれで満足至極である。淫靡さの醍醐味はまさにここにある。

以上の三分間が、第二候補のシーンである。

さらに第三候補のシーン。

【怪談会】

これは岡本綺堂の小説『青蛙堂鬼談』に基づいている。

同書はちょっと百物語に近い趣向になっていて、一堂に会した複数の話者によって披露された怪談のコレクションといった体裁になっている。怪談会という「枠」が、予めしっかりと描写されている小説なのだ。

〈……怪談は怪談の内容のみならず、それが語られる場の雰囲気もまた楽しみのひとつであると作者は心得ていたに違いない〉

時は明治、青蛙堂主人と自称する趣味人（もとは弁護士）が、雪の降る三月三日の夕刻に、速達で知人たちを自宅へ呼び集める。「青蛙堂は小石川の切支丹坂をのぼって、昼でも薄暗いような木立の奥にある」。

招かれたうちの一人である「この本のナレーター」が赴いてみると、早くも七、八人が集まっている。ちょっと引用をしてみると、

「学者らしい人もある。実業家らしい人もある。切髪の上品なお婆さんもいた。そうかと思うと、まだ若い学生のような人もある。なんだか得体のわからない会合であると思いながら、まずひと通りの挨拶をして座に着いて、顔なじみの人たちと二つ三つ世間話

などをしているうちに、私のあとからまた二三人の客が来た」

〈……見知らぬ人たちがいるものの、誰もがきちんと礼儀と常識を弁え、話し上手なのである〉

こうした調子で集められた人々は、主人からそれぞれが何者であるかと紹介を受け、酒と料理が振舞われ、それから下座敷の広間へ案内される。

〈……このゆったりした様子が、明治という設定とマッチしてまことに魅力的である〉

煙草を吸い熱いレモン茶を啜っていると、いよいよ主人が今宵の会の趣旨について語り始める。

「実はこのような晩にわざわざお越しを願いましたのは外でもございません。近頃わたくしは俳句以外、怪談に興味を持ちまして、ひそかに研究しております。就きましては一夕怪談会を催しまして、皆さまの御高話を是非拝聴いたしたいと存じておりましたところ、あたかも今日は春の雪、怪談には雨の夜の方がふさわしいかとも存じましたが、雪の宵もまた興あることと考えまして、急に思いついてお呼び立て申したような次第でございます。わたくしばかりでなく、これにも聴き手が控えておりますから、どうか皆さまに、一席ずつ珍らしいお話をねがいたいと存じますが、いかがでございましょう」

〈……考えようによってはずいぶん勝手な青蛙堂主人であるが、その無邪気な人柄が

わたしをほっとさせる〉

ちなみに、「これにも聴き手が控えておりますから」の「これ」とは、青蛙堂という名称の由来になった竹細工の三本脚の蝦蟇蛙で、その奇態なオブジェが床の間に置かれているという意味である。

で、わたしはその怪談会の出席者なのである。

〈……つまりわたしは小説のなかへ、まんまと入り込んでいる。そしてここまで述べた部分は、既知のものとしてシーンからは省略される〉

既に何名かが恐ろしい話や奇妙な話を語り終えている。場は徐々に盛り上がり、座敷は次なる異様な物語への期待に満ちている。春の雪は音もなく降り続き、夜も深まりつつある。レモン茶も注ぎ足された。

〈……下座敷は、少なくとも現在の感覚からすれば薄暗いことだろう。寒さもそれなりの筈で、しかしそれもまたレモン茶の熱さ同様に味わいの一部である〉

そこでいよいよわたしの順番が回ってくる。

もちろん飛び切りの怪異談で一同を唸らせる自信がある。ただしその自信は胸の奥に仕舞い込み、態度はいたって謙虚である。語り手のために用意された席に正座すると、わたしは朗々たる声で、「では僭越ながら、いささか不気味な物語をひとつ皆様にお聞き願います」と、列席者たちをゆっくりと見渡しつつ、座布団からひと膝揺すり出る。

〈……青蛙堂主人をはじめ、列席者の誰もが一言も聞き漏らすまいと身構えている様子が、はっきりと見て取れる〉

――このシーンが第三候補なのである。

『青蛙堂鬼談』の怪談会に出席している明治人のわたしが、遊びとも本気ともつかぬ、そして寛いでいるようにも緊張しているようにも感じられる独特の場において、内心密かに自信のある怪異談をこれから披露しようという軽い興奮。この場面を尽きることなく繰り返すのである。

以上三つのシーン、どれを選ぶか迷ってしまう。それにこれからさらに別な候補シーンを思いつくかもしれない。だがいずれにせよ、それらのひとつがわたしの「三分間の浄土」として機能することになる（今現在においては、【怪談会】が最有力である）。父にも母にも妻にも猫にも、それぞれのささやかでプライベートな浄土があり、それが果てしなく反復されていく（さながらPTSD患者のフラッシュバックのように）。でも、たとえどんな内容であろうと、そのことによって家族や友人を裏切ることにはならない。気が遠くなるほどの数の浄土が並列して存在し、しかしそれぞれは星座を形作る恒星のように、見えない信頼感や愛情で結ばれているだろう。

だから、他人の浄土がどのようなものであるかをいちいち知ろうとしてはいけない。それは無作法というものである。

◆
◆

リノベーションを施した我が家は、まず母の呪縛に対するお祓いとしての役目を果たすだろう。人生にやっと好転をもたらすだろう。さまざまな記憶が、回転するマニ車のように繰り返されるだろう。そしていずれ舞台装置のような家は変容して「三分間の浄土」と化すだろう。そんなことを想像すると、生暖かい――まるで猫を抱き上げたときのように生暖かい救済の感触がじわじわとわたしの心を満たしてくるのだ。

あとがき

読者諸氏は、ここまで辿り着いて本書をどのようなジャンルに属すものと感じられただろうか。多くの人はエッセイの範疇と捉えたのではないかと思う。書店では精神科医という肩書きのせいで、しばしばわたしの本は「心理学よみもの」という棚へ機械的に押し込まれる。相手の考えをズバリ見抜くコツとか、サイコパスはこんなに恐ろしいとか、ビリー・ミリガンがどうしたとか、そういった本と一緒に並べられる。これは当方としてはまことに不本意で、こんな雑な分類をするような仕事ぶりだからリアル書店は駆逐されていくんだよと悪態を吐きたくなる。簡単にジャンル分けが出来ない本をどのように扱うかで、書店の姿勢やセンスが見えてくる。しかし、まあそんなことをぼやいていても仕方がない。曖昧な本を書くお前が悪いといった意見もあるだろうし。

個人的なことを申せば、わたしはこの本を私小説として執筆した。心境小説と言い換えても構わない。そんなふうに言うと、①小説ということはつまり書かれている中身は絵空事や嘘なのか？　②小説ならば、もっと起承転結やストーリー性があって然るべきではないか？　③じゃあ小説とエッセイの違いをお前はどのように考えているのか？　――おそらくこの三つくらいが疑問として出てくるのではないだろうか。
まず①だが、小説はすべて嘘で固められているとは限らない。そっくりそのまま現実の出来事を題材にしようとも、フィクションとノンフィクションとの境界線は甚だ不鮮明であろう。たとえ実際のエピソードをそのまま用いたとしても、もはや創作と見做すべき作品に変貌してしまう場合は決して珍しくあるまい。一応断っておくと、本書の中身は原則的に本当の出来事である（プライバシーに対する配慮はしてあるが）。
②はどうか。スリリングな展開のエッセイがあるいっぽう、ストリーの起伏に乏しい小説だって稀ではない。物語の「うねり」を期待して小説を読む読者もいれば、淡々とした筆致で描き出される「何も起きない日常」の静謐さに心を動かされる読者もいる。
昭和四十八年に私小説作家の藤枝静男（１８９頁および２２７頁で言及あり）が発表した「風景小説」という短篇がある。冒頭にこんな案件がわざわざ述べられている（この冒頭からして、およそ小説らしからぬ趣だろう）。

昭和三十三年四月の「群像」風景描写特集号に滝井孝作氏が原稿用紙三枚くらいの短文を書いて「風景小説」を提唱されたことがある。戦後に続出した情痴風俗ものに愛想を尽かして風景を主にした小説を書きたいと思い、二十五年の「伐り禿山」、二十六年の「山の姿」、そして二十七年には名作「松島秋色」というふうに試みられた経緯を記されたもので、これは三十四年桜井書店版の随筆集「生のまま素のまま」にも収録されている。紀行文ではない。ちゃんと「小説」と書いてある。しかし誰もとりあげて問題にせず、まるで興味もないようであった。だが私はそれに共感し、今ではますます共感しているから、師に倣って私の風景小説を書いてみる。

という次第で藤枝静男が実際に書いた「風景小説」という題の作品は、著者が三重県多気郡の山奥にある赤城峰霊符山太陽寺なる神仏混淆のいささかキッチュな寺を訪ねていろいろと思いを巡らせ、帰路には空腹になったが食堂が見つからなくて閉口し、土産には伊勢芋を買って無事に帰宅した――ただそれだけの話である。ドラマらしさは微塵もない。作品の最後の部分は「(引用者注・伊勢芋を)家に持ち帰ってビニール袋に入れて土に埋めて保存し、五日目の夕がた磨りおろしてトロロにして食ったところが確かに美味かった。山芋よりは少し口当たりが上品のように感ぜられた」となっている。まさに紀行文だか随筆みたいである。

でもわたしはこれが確かに小説だと思うのである。③とも関連するが、書き手の心構えのベクトルとして、エッセイは詠嘆を指向しがちなのではないか。かなり自由な思索の器としてのエッセイといったものもあるけれど、いずれにせよエッセイには片付いた机の前に坐って思考や思い出にゆっくり浸っている印象がある。悪く申せば、「いい気なもんだ」

と。いっぽう小説には、もっと野蛮さやコントロール困難な内面、固執だの偏りだのといった不穏な要素が多かれ少なかれ未整理なまま含まれるところに存在価値があるのではないか。そうした点では、現代詩はエッセイよりも小説に近いだろう（伝統的な詩歌はエッセイに近い立ち位置の気がする）。では「風景小説」はどうなのか。

なるほど事件らしい事件は起きないし、人と人との交わりにおいて緊張が生じたり、ことさら奇妙な事態に遭遇するわけでもない。起承転結に則った小説とは程遠く、それよりは気ままな随筆に似たもののように見える。だが、この作品には何というか意識的にドラマ性を排除したような気配が感じられるのだ。物語性に軸を置くなんて簡単だ、でも物語性によって生ずる面白さが、スピードの出過ぎたトラックみたいに荷台から大切な積み荷を振り落としてしまうのを避けたい。そうした意向を汲み取りたくなるのだ。波瀾万丈なんて、難易度からすれば低いものでしかない、と。

だから藤枝静男・作「風景小説」には屈折したストイックさがある。奥行きがある。文章からは、物語性に富んだ話なんかその気になればいくらでも書けそうな強靭な膂力が実感される。少なくとも著者の人生においてこの作品を書かねばならなかったであろう必然性や切実さがしっかり窺われるし、伊勢芋が美味かったなどと長閑に語られてはいても、詠嘆のために書き綴った作品ではあるまい。さきほど述べた「不穏な要素」を封じ込めるための異形の小世界を見せられている気がする。だからこれは私小説ないしは心境小説ではあっても、エッセイのサブジャンルとしての紀行文とは大違いだと考える。

　こうした文脈の延長で自分の本をぬけぬけと語るのは気恥ずかしいけれども、せめて暢《のん》気《き》なエッセイとして書いたものではないことを読者に知っていただきたいのである。


　なお本文199頁に、建物の壁に棕櫚の樹影が映ったエピソードが書かれている。もし実際にそれを目撃したいという酔狂な読者がいたとしたら、グーグルマップで東京都武蔵野市西久保二丁目十四──一「いなげや武蔵野西久保店」を特定し、グーグルヴューでぐるりと周囲を見回すと、一階が「田舎料理もきち」となっている建物が分かる。壁に樹影がしっかり映っている。ただし撮影時刻における太陽光の角度の関係で、棕櫚ではなく別の樹木の影である。詳細は現地に佇んでみれば分かるだろう。

　もうひとつ。226頁で俳句は死刑囚に馴染まないといった意味のことを書いた。が、その後、吉村昭の短篇「鳳仙花」（昭和五十二年）を思い出した。この作品では、死刑囚たちを弟子にして拘置所内で、俳誌の主催者が俳句の指導や批評を行う「句会」の様子が描かれている。ではどんな句が詠まれるのか。本文から引用してみると──

「かれらの句には、そうした揺れ動く感情が素朴な形で表現されていた。確実に死を迎え入れねばならぬ苦悩から破獄を願う句や、自殺を企て壁に頭を打ちつけた句もみられる。妻の肉体を恋い、文通すら拒んできた母への憤りと思慕の感情も句に託されている。キャラメルの紙を曳く蟻を眼で追い、膝にとまった蠅を足のしびれにも堪えながら見つめる句などに、かれらの独居房での孤寥感がにじみ出ていた」

俳句とはいえども死刑囚たちが作るそれは、飄然さとか軽妙洒脱、機知といった所謂「俳味」とは大きく隔たったニュアンスに支配されているらしかった。そういった意味では、やはり死刑囚と俳句とは馴染まないと言えるだろう。

さらに245頁で、あたかもわたしが怪談話を語る名人みたいに述べてあるが、当方は怪異なんか経験したことがないし、喋ったこともない。他人に得々と語れるようなネタの持ち合わせもない。残念ながら。

ちょうど本書の初稿を書き終えた頃に、205頁にも登場した我が家の猫が死んだ。十三歳になる直前であった。腎不全で、もともと猫は解剖学的に腎臓が弱いから寿命だと諦めるしかない。深大寺の動物霊園には火葬場があるので予約を入れ、そこまで妻の運転する車で亡骸を運んで行って焼いてもらった。煙突から立ち昇る煙を眺めて感傷的な気分に浸ろうと思ったら、そもそも煙突がなかった。煙もほとんど出ないらしい。現実はまことに散文的だと思わずにはいられなかった。

そんな関係から、我が家の猫に本書を捧げるといった意味の語句を扉に記そうかと思ったが、どことなく公私の「けじめ」を欠いているような気がして止めた。

1958年に封切られた『蝿男の恐怖』(カート・ニューマン監督)というB級映画があって、物質転送機なるものが出てくる。あらゆるものを原子に分解して電波に載せて送る装置で、つまり音声や映像のように物質を電送するわけである。研究の途中で、動物実験として科学者の飼い猫が送信される(猫の名前はダンディロー)。だが再生に失敗し、猫は空中に拡散して「原子猫」となってしまう。可哀想なダンディロー。映画ではその場面で、実験室の空中から悲しげな猫の鳴き声「だけ」がエコーたっぷりに響いてくるのだった。なかなか印象的なシーンである。我が家の猫も原子猫のようになって、こうして「あとがき」を書いているわたしの周辺をふわふわと漂っている気がする。

この本が完成するまでには、多くの人たちのお世話になった。編集部の穂原俊二さんにはまさに二人三脚で伴走してもらったし、前作『鬱屈精神科医、占いにすがる』に引き続き菊地信義氏には素晴らしい装幀をしていただいた。帯に文章を寄せてくださった穂村弘さんには、深く頭を下げるばかりである。そして読者諸氏が紐解いて下さってこその書物である、最後まで付き合っていただきありがとうございました。

平成二十九年六月三日

春日武彦（かすが・たけひこ） 1951年京都府出身。日本医科大学卒。産婦人科医として6年間勤務した後、精神科へ移る。大学病院、都立松沢病院精神科部長、都立墨東病院神経科部長等を経て、現在も臨床に携わる。医学博士、精神科専門医。甲殻類恐怖症。藤枝静男とイギー・ポップに憧れ、ゴルフとカラオケとSNSを嫌悪。著書には『鬱屈精神科医、占いにすがる』（小社）、『無意味なものと不気味なもの』（文藝春秋）、『幸福論』（講談社現代新書）、『精神科医は腹の底で何を考えているか』（幻冬舎新書）、『臨床の詩学』（医学書院）、『緘黙』（新潮文庫）等多数。

鬱屈精神科医、お祓いを試みる

2017年7月18日　第1刷発行

春日武彦——著者

穂原俊二——編集・発行人

森一暁——営業担当

株式会社太田出版——発行所
〒160-8571
東京都新宿区愛住町22 第三山田ビル4階
TEL 03-3359-6262 振替 00120-6-162166
ホームページ　http://www.ohtabooks.com

(株)シナノパブリッシングプレス——印刷・製本

ISBN　978-4-7783-1584-9 C0095

カバー図版＝ヨハン・ヴォルフガング・フォン・ゲーテ
『植物の螺旋的傾向について』より。